Rizzoli la scala

Isabella Bossi Fedrigotti

Il primo figlio

Rizzoli

ISBN 978-88-17-01762-6

Prima edizione: maggio 2008

Il primo figlio

A Vittorio e Eduardo

Teresa

Teresa era nata alla fine della guerra, la prima, in montagna, nella casa in cui vivevano i suoi genitori e i fratelli e dove già erano vissuti i nonni, i bisnonni e forse anche i trisnonni, a mezz'ora di strada dal paese, camminando di buon passo, in salita ripida. In cambio, però, di lì si aveva una vista sulla valle, sui monti, sui campi, sulle cappelle e sui fienili sparsi come nessun altro l'aveva. E fin da piccola la sera le era piaciuto guardare le luci di sotto, solitarie o in gruppo, immagine di casa che si sarebbe portata dietro negli anni. Era l'ultima di cinque, venuta dopo tre fratelli e una sorella, ma non per questo, come succede di solito, più amata o più coccolata. Forse perché la mamma, dopo averla messa al mondo, si era ammalata ed era morta quando Teresa ancora non andava in prima elementare.

Sparì perciò presto l'ordine nel quale era nata e aveva vissuto per quasi sei anni, perché nonostante la debolezza e le febbri frequenti, dal letto nel quale passava gran parte dei giorni, la mamma, con ferma voce fievole e la mantellina di maglia sempre stretta intorno alle spalle, comandava e controllava che ciascuno facesse quel che doveva fare e che niente andasse fuori posto.

Ordinava ad Anna, la sorella maggiore, cosa e come preparare da mangiare, la minestra di farina, il cavolo bollito del quale poi si sentiva l'odore in tutta la casa, le uova con le patate abbrustolite, e a Teresa quante ne doveva pelare, di patate, e quanta insalata prendere nell'orto e come affettare le mele da mettere poi sul fuoco con lo zucchero e la cannella. Oppure come lavare la biancheria o spazzare i pavimenti. Anche i fratelli e perfino il papà obbedivano ai comandi della mamma riguardo ai lavori da fare, in casa, nella stalla e fuori, nel campo: non replicavano, non fiatavano, perché lei era malata e perché era sempre stato così. E ogni sera, era lei che intonava, con quel suo severo soffio di voce, le preghiere della buonanotte. Ed era ancora lei che ogni settimana contava i soldi incassati con la vendita del latte, delle uova o del granoturco.

Fin dall'inizio della malattia aveva chiesto che il suo letto fosse trasportato in cucina, mentre nella camera con il papà si erano sistemati i fratelli. Anna e Teresa, invece, d'estate dormivano nel fienile e d'inverno, quando lassù si gelava, in cucina, sopra la stufa squadrata, perché non c'era posto per un altro letto. Le due sorelle trovavano quel pagliericcio sempre tiepido il migliore dei giacigli e ci sarebbero rimaste volentieri tutto l'anno. Ma inutile chiedere perché nulla degli ordini della mamma poteva essere modificato.

Un giorno d'inverno, tuttavia, dopo che l'avevano sentita tossire forte per tante notti, dopo che era salito il dottore, subito ripartito senza nemmeno avere aperto la sua valigetta, e dopo che si era affacciato il reverendo a bisbigliare delle preghiere vicino al letto, lei aveva ansimato per un po' e poi, stanca di quel gran respirare, era rimasta ferma, senza più tosse, silenziosa e bianca. Fu Anna che spiegò a Teresa: «Adesso la mamma è morta e non tornerà più» e di colpo tutti presero a tirare su con il naso tenendo il fazzoletto arrotolato in mano.

L'ordine si avviò al termine, ma poiché era stato così rigido e preciso, ci mise un po' a scomparire del tutto. Per alcuni mesi fu, infatti, come se i comandi della mamma fossero rimasti cristallizzati in casa, invisibili ma concreti, impossibili da ignorare, per cui la vita continuò a procedere quasi uguale, come un carro che, esaurita la sua corsa, avanza tuttavia per qualche metro ancora. Poi, un poco alla volta, inevitabilmente le vecchie regole cominciarono a perdere consistenza, fino a svanire. E allora iniziò per Teresa la vita difficile. Non che prima fosse stata facile, ma vi era abituata e fu il cambiamento a farle rimpiangere la mamma, sia pure severa e raramente disposta a pronunciare parole affettuose o a concedere una lode o un bacio.

Non solo giunse per lei il momento di andare a scuola, un'ora di cammino ogni giorno assieme ad Anna e al più piccolo dei fratelli, scivolando sul fango o sul ghiaccio nelle brutte stagioni, ma dopo, fino a ora tarda, le toccava anche, assieme agli altri, il lavoro pesante della stalla e dei campi oltre a quello, abituale, di casa. E poiché, in queste condizioni, i compiti che la maestra le dava erano l'ultimo dei pensieri e i suoi quaderni sballottati tra stalla e cucina, spesso sporchi e malridotti, i risultati scolastici furono per lo più deludenti tanto che, per finire le elementari, ci mise due anni più del necessario.

Se ci fosse stata ancora la mamma non sarebbe successo, perché aveva sempre preteso che i fratelli al pomeriggio si sedessero vicino a lei e s'impegnassero almeno un'ora sui libri, ripetendo la lezione a voce alta. Soprattutto, se ci fosse stata ancora la mamma, a Teresa sarebbe stato concesso di restare in famiglia qualche anno ancora dopo la scuola, il tempo di crescere, di imparare, di farsi più forte.

Invece il fratello maggiore stabilì – al posto della mamma comandava lui adesso – che per Teresa l'infanzia era finita e giunto il tempo di rendersi utile, perciò sarebbe andata a servizio in modo da portare a casa qualche soldo necessario per le riparazioni più urgenti. Nessuno chiese il parere di Teresa e, comunque, successe tutto così in fretta che non ebbe modo di riflettere o di tentare una ribellione.

Fu il parroco a trovarle il posto, in casa di gente seria e timorata di Dio – così aveva assicurato – nella piccola città distante un paio di ore dal paese, e a tredici anni, così magra da dimostrarne otto o nove, ma con la lunga treccia raccolta sulla nuca come una donna adulta, Teresa partì, con sulle spalle uno zaino rattoppato che era stato della mamma, nel quale portava tutto quel che possedeva: un po' di biancheria, un vestito della domenica, un paio di scarpe da casa e una piccola fotografia dei genitori nel giorno delle nozze, che però andò smarrita presto.

Forse non era nemmeno triste, però spaventata, sì, della nuova vita che l'aspettava e non riusciva a immaginare, delle case di città e anche della gente timorata di Dio. Se non avesse saputo fare bene? Se avesse scontentato i padroni? Se l'avessero rimandata indietro, per il disappunto del fratello grande? E il suo disappunto o, meglio, la sua rabbia, quella sì che sapeva immaginarla, perché l'aveva sperimentata varie volte dopo la morte della mamma, e tutta la famiglia in quelle occasioni se n'era stata in silenzio, intimidita.

Benché timorata di Dio e della Madonna, con crocefissi e altarini in ogni stanza, con uno zio cappuccino e una cugina monaca in convento, e assidua a messe e processioni cui andava vestita nei bei costumi della festa, la famiglia non si dimostrò tanto generosa con Teresa. Non per l'accoglienza, che calorosa non fu, né per il trattamento generale, sempre di poche parole, né per le molte incombenze che le furono caricate addosso fin dal primo giorno. E nemmeno per la povera paga, di cui, per accordo preso con il fratello, la signora mandava ogni mese a casa la maggior parte. Paga che, ogni tanto, veniva anche decurtata, quando era sembrato che Teresa non avesse lavorato con sufficiente impegno o, quando, nella fretta, le era capitato, per disavventura, di rompere un bicchiere, sbeccare un piatto o una brocca o, anche, di macchiare malamente una delle tovaglie buone di casa.

Fu messa a dormire per terra, in cucina, con due coperte che, la mattina alle sei, quando la padrona scendeva dalla camera, dovevano già essere perfettamente piegate in cima alla credenza, dove Teresa teneva anche lo zaino che, di notte, serviva da cuscino. E naturalmente, a quell'ora ci si aspettava che fosse già vestita, lavata e pettinata, pronta per mettersi al lavoro che, in genere, terminava intorno alle otto di sera. Tuttavia, fino a quando la signora e suo marito restavano alzati, non poteva prepararsi il giaciglio ma doveva aspettare che si ritirassero in camera. Ne approfittava allora, sia pure con la testa che le cadeva, per sistemare qualcosa, cucire, lavorare a maglia o faticosamente leggere le rare lettere che le arrivavano da casa.

In realtà scriveva soltanto Anna, e la sua vita non sembrava molto migliore anche se, per via del buon profitto, le era stato concesso di andare a scuola fino a sedici anni. Poco dopo averli compiuti, senza che mai prima avesse accennato a un fidanzato, scrisse che si sarebbe sposata, ma non si capiva, dalle righe, se fosse contenta oppure no. Segno anche questo del disordine instauratosi in casa dopo la morte della mamma, che non avrebbe permesso a una figlia di prendere marito così presto. Sia pure vagamente, Teresa ricordava, infatti, le sue raccomandazioni a loro due: «Prima di sposarvi, dovrete prepararvi un bel corredo, altrimenti nella nuova famiglia non vi terranno da conto, vi prenderanno per delle poverette. E non voglio che qualcuno possa dire che le mie figliole sono delle poverette».

In quel tempo, se non si addormentava come un sasso, dopo aver spazzato, lavato, cucinato, stirato e lucidato tutto il giorno, Teresa indugiava a domandarsi se sua sorella avesse avuto modo di cucirsi il corredo, se avesse trovato i soldi per comprare la stoffa e le ore necessarie per cucire lenzuola, tovaglie e asciugamani. E se, per caso, il fratello maggiore avesse acconsentito a destinare alle spese di Anna un po' di quella sua paga che ogni mese veniva spedita a casa. Se non altro, le ristrettezze, per le quali non poteva quasi mai comprarsi nulla, ed era costretta a rammendare all'infinito le proprie cose oppure a indossare i vestiti smessi e riaccomodati della padrona, avrebbero pesato meno.

A Teresa sarebbe piaciuto chiedere tutto ciò nelle sue lettere, ma la scrittura imparata negli anni di scuola bastava appena per le frasi più facili, "Saluti e baci", "Io sto bene e voi?", "Cosa fanno il papà e i fratelli?", "La salute è buona?", non per delle domande così lunghe e difficili. Seppe tuttavia lo stesso – Anna glielo scrisse – che la paga serviva per la riparazione del tetto, e che il lavoro stava venendo bene, per la soddisfazione di tutta la famiglia, del fratello grande in particolare modo. E seppe anche che andava a sposarsi senza corredo, come una poveretta, con un contadino di montagna vicino ai quarant'anni, che aveva da poco perso la mamma e che, per via della buona stagione alle porte, aveva bisogno in fretta di una donna che si occupasse della casa, in grado, però, anche, di dargli una mano con tutto il resto. Sua sorella avrebbe, insomma, fatto la serva come lei, sebbene in casa propria e non per degli estranei, sia pure timorati di Dio.

Teresa sapeva già che per lei il matrimonio era escluso, perché non aveva un bel viso e perché era troppo magra, i fianchi stretti e il petto piatto come quelli di un ragazzo, non adatta a mettere al mondo figli, tutte cose che agli uomini non piacciono. Né era abbastanza robusta e sana per lavorare nei campi e nella stalla come, invece, sapeva fare Anna. D'altra parte, con quei suoi sette anni di elementari, non era neppure sufficientemente istruita per immaginare di poter sposare un uomo che non fosse un contadino, perché l'avrebbe trovata ignorante, rustica, forse anche stupida. Il matrimonio, dunque, questo le era chiaro, non faceva per lei, ma non riusciva a immaginare la vita di una donna che non si sarebbe mai sposata: sempre a fare la serva in casa altrui, fino a quando ne avesse avuto la forza?

Più che al futuro, pensava, tuttavia, al presente, all'oggi, a stasera, a domattina, a fare bene ogni cosa per non innervosire la padrona che saliva stanca dal negozio, sforzandosi di non dimenticare nessuna delle tante incombenze che le erano affidate. Pensava a sorridere, anche, perché le era stato detto fin dal primo giorno che i musi, i cattivi umori in quella casa non erano ammessi. E pensava ad Anna, cercando di figurarsi la sua nuova vita. Fuggevolmente si soffermava qualche volta anche sui suoi fratelli e sul papà, l'unico, a parte sua sorella, che le era sembrato un po' triste quando era stata mandata a servizio.

Di badare a se stessa e al suo aspetto non aveva il tempo né l'occasione. Le bastava sentire le sue membra tutte ossa per sapere com'era, ancora più magra, probabilmente, del giorno in cui era arrivata, per il gran lavoro ma, anche, perché le toccava accontentarsi di quanto avanzava alla tavola dei padroni.

E quando cucinava, la signora, con la scusa di insegnarle, non si muoveva dai fornelli: doveva quindi porgere a lei il cucchiaio per assaggiare se era giusto il sale o se mancava qualche odore o se la carne era cotta. In cambio aveva il permesso di prendersi dall'ultimo cassetto della credenza il pane vecchio a volontà; se però ce n'era.

Altro del suo corpo Teresa non voleva sapere. Del resto, nuda del tutto non si metteva mai, perché nella promiscuità di casa, la mamma si era sempre raccomandata di lavarsi a pezzi, e quella regola lei l'aveva conservata. Dava un'occhiata al viso in un minuscolo specchietto tondo che Anna le aveva regalato anni prima e quel poco che vedeva le confermava, comunque, che mai si sarebbe presentata per lei l'occasione di sposarsi.

Con il tempo, in mancanza di altre consolazioni o distrazioni, si fece devota come i padroni. Un poco, è vero, per compiacere la signora e perché alla messa della domenica poteva stare seduta un'ora intera a fare niente, senza per questo essere rimproverata o richiamata all'ordine, ma anche perché non c'era davvero nient'altro per lei e il pensiero di avere una madre benevola in cielo – non tanto la sua che così buona e affettuosa non era stata e della quale faceva ormai fatica a ricordare il viso, ma un'altra, più grande e più potente – la consolava nelle sere quando se ne stava avvolta nelle sue coperte, con nostalgia per una vita diversa che però non conosceva.

Un po' alla volta prese perciò l'abitudine, quando capitava l'opportunità, anche nel corso della settimana, di scappare in chiesa per qualche minuto. La padrona acconsentì alla novità, non prima di aver verificato che Teresa andasse davvero a pregare, e non in piazza o a passeggiare lungo l'argine del torrente, mescolandosi con la gioventù che alla sera soleva riunirsi lì.

«Purché non te ne approfitti e non perda tempo in chiacchiere. Nemmeno con i preti» aveva ingiunto con occhi indagatori.

«Stia tranquilla, non parlerò con nessuno» promise Teresa, che mai avrebbe osato rivolgere la parola a un prete, tranne che in confessionale. E invece, un pomeriggio, fu proprio un prete a rivolgersi a lei, uno giovane che affiancava il parroco nella cura della chiesa.

Probabilmente fu colpito dalla pietà di Teresa, assidua ai sacramenti, alle funzioni e alle processioni, e inginocchiata a pregare, a volte, anche quando non c'erano messe, non come le altre ragazze della sua età, più volentieri riunite fuori, sul piazzale, a fare chiasso. Probabilmente l'aveva anche trovata pulita e ordinata ma non vanitosa, con la pettinatura severa delle donne in età e sempre con lo stesso vestito, per quel che ne capiva. Probabilmente si era informato e aveva saputo che era orfana e poveretta, ma questo non guastava, come non guastava che tanto bella non la si potesse definire, anzi bruttina, così magra e ossuta.

Le rivolse dunque la parola e lei si spaventò, pronta a uscire a precipizio dal banco dove stava inginocchiata. Ma il reverendo la fermò, tenendola per un braccio: «Aspetta, stai buona, ti devo dire una cosa, sei una brava ragazza, non aver paura, forse il Signore ha scelto un nuovo cammino per te».

Si spaventò ancora di più, Teresa, perché l'eventualità di andare in convento l'aveva presa in considerazione qualche volta, pensando che forse sarebbe stato meno faticoso fare la monaca che non la serva, ma l'avevano scoraggiata le lamentele che ascoltava dalla bocca della cugina suora della padrona, le rare volte che veniva in visita. Anche in quei luoghi consacrati – aveva capito – c'era sempre qualcuno che faceva la serva e quel ruolo certamente sarebbe toccato a lei. E una volta chiusa lì dentro, sarebbe stato in eterno, vita sempre uguale senza speranza di cambiamento, nemmeno in un giorno lontanissimo. Né più ci sarebbe stata una paga, sia pure minima, da mandare a casa per riparare il tetto oppure il poggiolo o la cucina, perché il tetto, che così grande non era, avrebbe ormai dovuto essere finito da un pezzo.

Scosse perciò la testa, con forza, senza dire una parola né guardare in faccia il suo interlocutore. «Non bisogna opporsi ai progetti del Signore» insistette lui, e Teresa cercò di nuovo di scappare via. Il reverendo, però, la trattenne ancora e le spiegò nel dettaglio quel che lui riteneva essere il progetto del Signore.

«Presto» spiegò «diventerò parroco in un paese di montagna e avrò bisogno di una donna di poche pretese, perché la mia mamma si sta facendo troppo anziana, con l'anca deformata che è uno strazio vederla camminare. E nella nuova parrocchia, per accudire l'orto, fare la spesa e pulire canonica e chiesa, mi è necessario l'aiuto di una persona valida e resistente. È vero che il vescovo ci raccomanda sempre di scegliere delle donne di una certa età, per via delle fastidiose chiacchiere femminili che tanto male possono fare, ma tu, così serenamente semplice e poco vanitosa, incontreresti di certo il gradimento di sua eccellenza.»

Teresa pensò che, in realtà, più che del Signore, il progetto era personale del reverendo, il che un poco la rassicurò perché ai piani degli uomini ci si può opporre qualche volta. Scosse perciò nuovamente la testa e spiegò che non poteva lasciare il suo lavoro e che la sua padrona si sarebbe infuriata se solo avesse saputo di quella conversazione. E anche i fratelli e il papà su a casa si sarebbero arrabbiati molto. Era stata affidata alla signora, aveva promesso di obbedirle come una figlia, e se ne sarebbe andata solo il giorno in cui l'avesse mandata via. E se non fosse rientrata subito, non avrebbe più avuto il permesso di venire in chiesa, fuorché alla messa della domenica.

Poi corse trafelata, pensando soltanto: "Purché non si venga a sapere che mi sono trattenuta in chiacchiere con un prete".

E invece la padrona, che già aveva constatato il ritardo di Teresa, notò anche la sua agitazione.

«Cosa è successo?»

«Niente.»

«Perché sei tornata di corsa?»

«Non volevo arrivare in ritardo.»

«Non mi dici la verità.»

«Mi sono fermata un po' a pregare, non mi sono accorta che era già passata mezz'ora.»

«Per il rosario di solito ci metti non più di quindici minuti.»

«Chiedo scusa.»

«Per due settimane non andrai più in chiesa, senza di me.»

Anche senza divieto, Teresa non ci sarebbe andata e la domenica alla messa non si scostava di un metro dalla signora, inginocchiata nel banco vicino a lei, non proprio come una figlia, a contatto di braccio e di vestito, però, comunque, vicino. E sempre con gli occhi bassi se ne stava, per non rischiare di incontrare quelli del reverendo che le aveva parlato dei progetti del Signore.

Progetti che, in qualche modo, erano comunque riusciti a spargere inquietudine. La signora tornò, infatti, come ai primi tempi, diffidente nei confronti delle "ragazze che vanno a servizio": tutte bugiarde e pigre – come volentieri ripeteva – e spesso anche un po' ladre. Si fissò con le cattive compagnie che, secondo lei, Teresa aveva cominciato a frequentare, e si mise a controllarla con rinnovato zelo, salendo più spesso del solito dalla bottega, pensando magari di sorprenderla nell'ozio o in qualche altra situazione incresciosa, sorvegliandola, accigliata e sospettosa, nelle incombenze di casa e di cucina, misurandole riposo e cibo, come aveva fatto nei primi tempi. Tanto che Teresa ebbe gran paura di dover riprendere, per la notte, l'orribile giaciglio in cucina, sul quale aveva dormito per quasi due anni, abbandonando, dunque, la cameraccia vuota in fondo al corridoio che si era conquistata con la promessa di accendere la stufa il meno possibile, anche d'inverno, per non sprecare preziosa legna.

«Ti avevo sistemata in cucina solo per favorirti, perché lì fa sempre caldo» si era sentita in dovere di giustificarsi la signora. Ma per fortuna, stavolta non le venne voglia di favorirla di nuovo. E a Teresa fu concesso di rimanere a dormire nella stanza fredda dove poteva appendere i pochi abiti a una corda che aveva teso tra letto e finestra, senza doverli più riporre ogni sera nel vecchio zaino, tra l'altro diventato troppo piccolo per contenere il suo guardaroba, un poco ampliato nel tempo, grazie agli scarti della signora.

Dire che fu felice di non dover tornare in cucina sarebbe troppo, e anche soddisfatta sembrerebbe esagerato. Consolata, però, almeno un poco, si sentì, abituata com'era, fin da piccola, a che tutto andasse quasi sempre in una sola direzione, oggi peggio di ieri e a domani meglio non pensare.

Compagnie, cattive o buone, Teresa non si sognava di frequentarne, anche perché non ne conosceva. Si limitava a guardare dalla distanza, un poco attratta e un poco spaventata, i coetanei che incontrava dentro o fuori della chiesa, inaccessibili a lei, così magra e brutta e incolore rispetto alle belle ragazze rosee in viso, con fiocchi nei capelli e bei vestiti variopinti. Ma incolore anche dentro si sentiva, rispetto a loro, con pochi pensieri, poche fantasie o desideri, soffocati dall'obbligo di lavorare sempre, di stare attenta, di non sbagliare, e dalla paura di perdere quella sua piccola, ordinata tranquillità, faticosamente conquistata in casa dei padroni.

Guardava i ragazzi chiacchierare sul piazzale oppure stringersi nei banchi, ridacchiando sommessi, e si sentiva diversa, estranea, perché loro – ne era certa – avevano dei sogni e lei, invece, no. Eppure dei sogni, dei bei sogni l'avrebbero rallegrata e portata altrove con la fantasia, e si dispiaceva di non riuscire a costruirsene almeno uno, ad averne la mente occupata. Per lei c'erano soltanto piccole, brevi aspirazioni per la sera, per l'indomani, per una giornata di bel tempo, per il buonumore della padrona, per un boccone più abbondante.

Fu forse per mancanza di sogni o, più concretamente, di una stufa accesa, che alla fine si ammalò durante l'inverno lungo della stanzaccia in fondo. O forse fu per la solitudine e il silenzio nei quali si ritrovava, sia pure dopo anni che lavorava nella stessa casa. Si ammalò, comunque, gravemente, e fu mandata a letto, con febbre alta e fitte al petto che tentò di curare con impacchi e limonate calde. Per paura del contagio, la signora non si avventurava nella stanza e soltanto si affacciava svelta sulla soglia, mattina e sera.

«Verrà il dottore oggi» annunciò un giorno.

«No, non serve, davvero, per favore» supplicò Teresa spaventata, perché quando a casa era venuto il dottore – si ricordava – poco dopo era venuto anche il prete e la mamma era morta.

«Invece sì, l'ho chiamato e verrà oggi.»

Venne, infatti, il dottore, che la auscultò, guardò la lingua, toccò la gola e la fronte con secche mani fredde, e poi si rivolse alla signora, ferma sulla soglia, spiegando quel che serviva per fermare la fiammeggiante polmonite. Pronunciò il nome misterioso di alcune medicine, e le annotò su un foglio. Aggiunse che occorreva un'alimentazione leggera ma sostanziosa, ogni giorno latte caldo, miele, burro, tutte cose che a Teresa toccavano solo nelle feste grandi. «Sì, sì, cibo leggero» assicurò convinta la signora, annuendo con il capo un paio di volte. Poi il dottore consigliò ancora arance e mandarini, per le vitamine, che Teresa aveva visto solo una volta in un negozio, oltre che raffigurati sul suo antico e unico libro di scuola.

«Possono andare anche le mele?» chiese la signora. «A noi sono sempre bastate, cotte con burro e zucchero.»

Il dottore guardò dalla sua parte: «Sì, se non c'è altro, possono andare bene anche delle mele».

Benché le medicine fossero subito state procurate grazie all'intervento di Lisa, la domestica che un tempo era stata a servizio lì e che, due o tre volte all'anno, veniva ancora chiamata per qualche incombenza delicata per la quale lei non era giudicata all'altezza, come rifare i piumini o preparare i dolci di Natale, Teresa si aspettava comunque di morire. Per quanto le riusciva nel bruciore della febbre, tendeva l'orecchio per sentire il campanello che avrebbe annunciato l'arrivo del prete e cercava di concentrarsi per indovinare i sintomi della morte che si avvicinava. In effetti, sentiva ogni tanto dei passi dietro le spalle farsi vicini, ma poi erano sempre quelli decisi della signora o quelli un po' zampettanti della vecchia servitora. Sentiva anche delle voci che, però, benché sommesse, a loro volta non potevano appartenere alla morte, perché parlavano ora dell'opportunità di affidare la malata al Signore lasciandogli decidere quel che sarebbe stato meglio per lei, ora, invece, della difficoltà di assistere una malata grave, proprio nel momento di maggiore lavoro al negozio delle stoffe, con le tante ragazze che approfittavano della stagione invernale, senza lavoro nei campi, per preparare i loro corredi.

Decise allora di alzarsi, Teresa, perché, pur nella febbre, le pareva di avere intravisto quale futuro le stava preparando il Signore, nel caso non fosse morta; ma non si teneva in piedi. Si ostinò, tuttavia, e infine ci riuscì, rivestendosi piano, e pianissimo sistemando il letto. Poi, un passo dietro l'altro, si avviò in cucina, cercando di mettere mano a qualcuno dei suoi soliti lavori. Si allarmò Lisa, rimasta in casa con lei: «Torna a letto subito, sei malata ancora».

«No, no, sto bene, posso fare io, adesso.»

E, afferrando spazzolone e straccio come se fossero stati suoi sostegni o sue armi di difesa, si mise alla solita corvée: prima il pavimento, che strofinò lentamente, avanti e indietro; poi le finestre, che affrontò con secchio e panno; poi fuori dalla porta con la scopa a spazzare la neve dai gradini dell'ingresso. Senza badare all'anziana servitora che la seguiva da vicino con i suoi passetti irregolari pregandola ancora: «Lascia stare, non oggi, sei appena uscita dal letto, ti sei alzata troppo presto, faccio io, non vedi la cera terribile che hai?».

E, infatti, alla sera Teresa aveva il respiro di nuovo affannoso e la febbre alta. Una seccatura per la signora, perché si dovette richiamare il medico, che sentenziò: «Una brutta ricaduta» e prescrisse nuove medicine, da aggiungere alle altre. Tuttavia, nonostante questa seconda visita del dottore, la morte non si affacciò alla sua stanza, e nemmeno il prete.

Si affacciò, invece, l'indomani, o forse anche tre o quattro giorni dopo – Teresa non l'avrebbe saputo dire con precisione – sua sorella Anna. Non giovane e rosea come un tempo, bensì magra e pallida anche lei, con le guance non più lisce, ma un poco rovinate, simili a marmo screpolato e con i capelli meno luminosi di come se li ricordava e forse anche meno folti. Uguali a prima erano, invece, le mani, rosse e ruvide, solo un po' più stanche, le parve qualche giorno dopo, quando ebbe modo di osservarle meglio.

Pur nella febbre fu chiaro subito a Teresa che il Signore aveva preso la sua decisione, suggerendo alla padrona di mandarla a casa, perché una malata non può lavorare, è di peso e di disturbo, e chi si ammala una volta può tornare ad ammalarsi anche un'altra e un'altra ancora. E in ogni modo la padrona fu ben chiara: «Lo capisci, vero, carina, che non ti possiamo tenere in queste condizioni? Sei una brava ragazza e mi dispiace mandarti via, ma vedi che ho dovuto richiamare la povera Lisa per darmi una mano».

Teresa assentì in silenzio, senza forza com'era, riuscendo solo a notare che l'aveva chiamata "carina" e le aveva detto che era una brava ragazza. Non era mai successo prima, in tanto tempo. E quelle parole galleggiarono dentro di lei come barchette chiare su di un'acqua scura. Forse è giusto così, riuscì ancora a pensare, perché quando si licenzia ci si può permettere di essere magnanimi con le parole.

Sua sorella si era portata dietro un paio di coperte per avvolgerla e aveva già radunato le sue cose dentro una valigia prestata dalla signora. In tre accompagnarono fuori Teresa, sorreggendola perché non cadesse; in strada, sopra un carro, le aspettava un signore un po' anziano, che si rivelò essere il marito di Anna. Fu un viaggio lungo, perché il cavallo andava lento in salita, e a Teresa sembrò lunghissimo.

«Dove andiamo?»

«A casa.»

«A casa nostra? Dal papà e dai fratelli?»

«No, quella nostra, di noi due» precisò Anna, indicando con il mento suo marito.

«Per quanto tempo?»

«Fin quando vuoi.»

«Ma io devo lavorare.»

«Puoi lavorare anche da noi.»

«E sono bastati i soldi per aggiustare il tetto?»

«Non c'è solo il tetto...»

«Allora devo tornare dalla signora.»

Lo ripeté più volte, Teresa, come se le fosse rimasto quell'unico pensiero in testa, ma Anna non le badava più, mentre la teneva stretta vicino a sé, perché non cadesse.

«E il prete? Ho paura che venga quel prete» vaneggiò ancora Teresa.

«Quale prete?»

Ma non ci fu risposta, perché nella confusione della febbre, Teresa non riusciva a distinguere di quale dei due preti avesse paura, di quello che era venuto quando era poi morta la mamma o di quello che le aveva rivolto la parola per spiegarle i progetti del Signore.

Rimase malata per tre settimane, quasi sempre a letto, ma, a differenza della padrona di città, Anna sembrava contenta di averla con sé, sia pure così fiacca, sdraiata senza muovere un dito. Sembrava contenta, sebbene lavorasse tutto il giorno, instancabile, anche più del marito che, dopo una caduta sul ghiaccio nell'inverno precedente, si lamentava della schiena. A Teresa sembrò il tempo migliore che avesse mai avuto. La casa e il cibo erano caldi e aveva morbide lenzuola fini, per la prima volta nella sua vita, quasi morbide e fini come quelle del letto della signora. E nessuno le comandava niente; al contrario, Anna le chiedeva: vuoi questo? vuoi quello?

Il marito era uno di quei mariti chiusi nei loro pensieri, difficili da indovinare, con la pipa sempre in bocca, quasi a sottolineare l'impossibilità di aprirla per parlare. Quando stava in casa, sedeva zitto vicino alla finestra, con gli occhi rivolti fuori, posati chissà su cosa, sui monti, sul campo, sull'orto, su un animale che passava lontano, lungo il ciglio del bosco, su qualche corvo che volava gracchiando forte attraverso il cielo. Fatta eccezione per qualche raro e indispensabile monosillabo, non lo si sentiva mai: per la gioia di Teresa, perché le sembrava che tacendo approvasse la sua presenza, o che, almeno, non ne fosse infastidito; ma probabilmente, per l'infelicità di Anna, che avrebbe magari preferito uno di quei mariti un poco più loquaci, con il quale scambiare qualche parola, forse perfino ridere, ogni tanto, come si fa con un parente stretto, magari con un'amica.

Anche per questo le sembrava che sua sorella si rallegrasse di averla in casa, per potersi intrattenere con lei, qualche momento, alla sera, a ragionare loro due del presente e del passato. Quasi mai, però, del futuro: perché nessuna delle due voleva pensarci, perché a entrambe non sarebbe dispiaciuto se tutto fosse rimasto così. Parlavano, a volte, anche più di qualche minuto, sottovoce, però, affinché il marito non s'infastidisse per quel brusio di donne e non picchiasse le dita sul tavolo – come usava fare quando qualcosa l'innervosiva – per pretendere che smettessero.

Quando venne in visita, per la prima volta, il fratello maggiore, erano già preparate all'eventualità e Teresa fece in tempo a rimettersi a letto, a fare la faccia smorta e a muovere stancamente la mano, come se le pesasse alzarla per salutare l'ospite. Non aveva troppo da fingere, peraltro, perché non era passato ancora un mese dal suo arrivo e, camminando, a volte, ancora le tremavano le gambe, per la debolezza, e le guance erano invariabilmente pallide. Ciononostante il fratello non esitò a illustrare i numerosi restauri di cui aveva ancora bisogno la casa, menzionando il fatto che, per guadagnare qualche soldo, anche il fratello più giovane era andato servo agricolo da un contadino della valle.

«Se non te la senti di tornare a lavorare giù in città» ribadì rivolto al letto di Teresa senza, però, mai guardarla in faccia «allora vieni da noi, ad aiutare mia moglie con la casa, a curare il papà che si è fatto vecchio, così anche l'altro fratello può andare a servire altrove a guadagnare qualcosa.»

«Non vedi che è ancora malata?» s'intromise Anna. «Peserà meno di quaranta chili. Non riesce a fare nulla. Vi sarebbe soltanto di peso.»

«Rimettila in sesto, allora. Dalle da mangiare bene, se quel tirchio di tuo marito te lo permette, e vedrai che si farà forte. Non può stare qui a fare niente, ha dei doveri verso la sua famiglia.»

«Siamo anche noi la sua famiglia.»

«Però voi non avete bisogno, la casa è in ordine e la stalla bella piena.»

«Ne parleremo, quando sarà guarita.»

«Spero presto» concluse il fratello, prima di riprendere la via di casa senza, peraltro, salutare.

Teresa era rassegnata. Meglio non abituarsi troppo – si disse – ai giorni buoni in casa di sua sorella, perché dopo le sarebbero mancati: meglio andare, dunque. Solo che fare la serva al padre, ai fratelli, alla cognata che a stento conosceva, proprio non voleva: perciò, appena fu in forze scese in città, andò al negozio di stoffe e chiese alla padrona se poteva riprendere il suo posto.

«Mi dispiace molto, carina, ma non posso mandare via la ragazza che ho dovuto prendere, quando tu ti sei ammalata. È una bella giovane, forte e laboriosa, mentre tu sei sempre stata un po' deboluccia. In due mesi mai una tosse, mai un raffreddore, mai un muso lungo. In ogni modo, se capiterà, mi ricorderò di te. Eventualmente ti potrei raccomandare a qualcuno, perché la buona volontà l'hai dimostrata.»

Quando tornò il fratello per la seconda volta, non parve il caso di mettersi di nuovo a letto. Teresa lo stette a sentire mentre insisteva perché si affrettasse a prendere una decisione.

«Sono stata giù in città a parlare con la signora del negozio.»

«Allora torni lì?»

«Per il momento non hanno bisogno, ma aspetto risposta da una sua parente» inventò Teresa.

«Nel frattempo potresti venire da noi.»

«In questo momento, di lei abbiamo bisogno qui» ancora una volta s'intromise Anna. La schiena di mio marito è peggiorata e sul campo tocca andare a noi due.»

«Non avevi detto che per i lavori pesanti lei non è adatta?»

«Ci arrangiamo», tagliò corto.

Due giorni dopo, Anna era di ottimo umore: «Mi è venuta un'idea. Se mi dai retta non dovrai andare a lavorare in città e neppure dai fratelli».

«C'è un'altra possibilità?»

«Sì. Ti devi sposare. Non ti piacerebbe?»

«Quelle come me non si sposano.»

«Perché?»

«Lo sai anche tu. Perché sono magra e brutta e non ho nulla da portare in dote. Le spose devono avere un viso grazioso e un bel corpo pieno oppure una casa con un grande campo.»

«Guarda me!»

«Tu sei bella.»

«Ma ti piacerebbe l'idea di sposarti?»

Non rispose subito, Teresa, cercando nel frattempo di rendere la voce indifferente, come se si trattasse di decidere intorno a un nonnulla, se preferiva un vestito azzurro o, invece, uno verde.

«Sì» disse infine «mi piacerebbe, però so che nessuno mi vorrà sposare.»

«Io conosco qualcuno che lo farebbe.»

«E chi è?»

«Un amico di mio marito, un vedovo che ha appena celebrato il matrimonio di sua figlia.»

«Una figlia così grande?»

«Ha più o meno la tua età.»

«Ma allora è un vecchio!»

«Anch'io ho sposato un vecchio ed ero anche più giovane di te. E quest'uomo ha solo cinque o sei anni più di mio marito.»

«Non voglio.»

«È una brava persona, non ti tratterà male.»

«Ti dico di no.»

«Pensaci, non essere testarda.»

«No, lascia stare, non vado bene per il matrimonio.»

«Ti prego, non decidere senza conoscerlo, sono sicura che cambieresti idea. Potresti avere dei bambini, ci pensi? Magari saresti più fortunata di me che, nonostante le tante preghiere, ancora non sono riuscita.»

«E dove ci possono stare, da me, dei bambini, se ho il corpo di una bambina io? No, Anna, so che lo fai per me, ma non ne parliamo più. Se non posso stare qui con te, troverò un posto da serva da qualche parte.»

Poi Teresa conobbe il candidato sposo ed era anche più vecchio di quel che aveva immaginato, e piccolo, più piccolo quasi di lei, un omino con la barba già quasi tutta bianca. Con gli occhi buoni, è vero, e anche amabile e sorridente, certo più sorridente del taciturno marito di Anna: tuttavia lo rifiutò lostesso, anche perché le ricordava in qualche modo suo padre e le sembrava strana l'idea di sposare suo padre. Non che pretendesse chissà cosa: semplicemente aveva preso atto che, essendo stata sfavorita dalla natura, non poteva trovare la persona giusta per lei: di quell'uomo che, per una sua ragione, avrebbe desiderato sposarla, non voleva, infatti, saperne, mentre quelli che, magari, sarebbero piaciuti a lei, non l'avrebbero degnata di uno sguardo. Il destino –Teresa lo aveva capito presto, non senza mortificazione – con qualcuno si diverte così, e non si può fare niente per modificarlo.

Quando un giorno alla porta si presentò il reverendo, Teresa fu, perciò, quasi contenta, nonostante la lunga tonaca nera l'avesse spesso inseguita nei sogni. Ebbe paura, ma non così tanta, perché era il reverendo che le aveva rivolto la parola giù nella chiesa di città, non quello che era venuto in casa la sera in cui era morta la mamma. Da sveglia e senza febbre, i due preti non li confondeva più. Invece di contenta, sarebbe però meglio dire rassegnata.

Spiegò, il visitatore, di avere ancora bisogno di una brava persona che lo aiutasse in canonica, perché la signora che aveva trovato era dovuta tornare a casa a curare la cognata ammalata. Che Teresa ci pensasse, che il posto era buono, i parrocchiani di indole mite, anche se un po' chiusa, che la stanza per lei era luminosa e la si poteva anche scaldare, che lui era di gusti semplici in cucina, con poche pretese, che la paga non sarebbe stata granché, ma in cambio avrebbe avuto varie ore libere per riposarsi o pregare. Che si ricordava di lei, del suo buon cuore, della sua laboriosità, della sua devozione e assiduità in chiesa. Che era stato il Signore a metterlo sulla giusta strada.

Teresa sospettò che la giusta strada non gliel'avesse, sul serio, indicata il Signore, ma che, più semplicemente, fosse stato il fratello maggiore a cogliere l'occasione suggerendo al reverendo di andarsi a prendere la sorella sfaccendata. Non disse niente, né sì né no, come se fosse diventata muta, ma già sapeva che avrebbe accettato; soltanto le serviva un po' di silenzio per abituarsi all'idea di tornare a fare la serva, come prima, ma, forse, anche peggio di prima, perché allora era una bambina che aveva sempre obbedito e lavorato senza sapere che ci potesse essere anche altro.

Nel frattempo, invece, aveva visto che non per tutte le donne la vita era uguale. Qualcuna di quelle che aveva osservato in città, stava al caldo, mangiava bene, si faceva servire. Qualche altra lavorava, un poco, ma non come aveva lavorato lei. Qualche altra ancora passeggiava tranquilla con i bambini per mano, e a volte li prendeva in braccio e rideva con loro come fosse stata in paradiso. E poi c'era anche sua sorella Anna, che certo non aveva tempo di riposarsi, però non sembrava né triste né infelice, bensì contenta della sua casa e un poco anche del suo silenzioso marito.

Di nuovo fu Anna a rispondere, al posto suo, al visitatore.

«La lasci stare, ci deve pensare un po', si è appena ripresa dalla malattia.»

«Che non ci pensi troppo a lungo, però, perché sono solo da quasi un mese, mangio da una parrocchiana e altre due spazzano la chiesa e una quarta tiene in ordine la canonica, che però è molto grande e vecchia.

Qualche volta mi lava anche la biancheria, ma capisci che non ho i mezzi per pagare tutte queste donne...»

A Teresa, per un momento, il prete fece quasi pena, magro allampanato com'era e con i piedi lunghi negli scarponi malandati – non troppo diverso dai suoi fratelli – e fu lì lì per dirgli che sarebbe andata, anche se la canonica troppo grande e vecchia (e sporca, dunque), come anche la chiesa da spazzare non l'attiravano per niente. Ma s'intromise Anna: «Stia tranquillo, le facciamo sapere presto».

Per la prima volta fu di nuovo triste, Teresa, quella sera, come non era più stata da un pezzo, come nei primi mesi passati in casa della signora del negozio. Se quel lavoro non si fosse mai interrotto, non le sarebbe probabilmente pesato passare da uno all'altro, ma nel tempo trascorso in casa di Anna si era resa conto che la vita poteva anche essere buona. Pianse nelle notti che seguirono, come la prima volta non aveva pianto, perché allora non sapeva, mentre adesso invece sì. Allora era stata sgomenta di dover andare lontano, preoccupata di non saper fare il suo lavoro, mentre adesso, allo sgomento per il distacco si univa il disgusto per quel che l'aspettava: fatica dalla mattina presto fino alla sera, parole buone poche, cibo scarso e paga ancora più scarsa. E se della padrona di città conosceva ogni gusto e ogni mania, del reverendo non sapeva niente, né delle sue abitudini né delle testardaggini che avrebbe avuto.

Prima che il fratello grande tornasse un'altra volta, preparò comunque la valigetta – lo zaino era ormai definitivamente sfondato – con le sue cose. Anna l'accompagnò fino alla strada dove aspettarono insieme la corriera che l'avrebbe portata nella valle con la chiesa, la canonica e il magro parroco. Salutandola, riuscì a non piangere, ma pianse invece sua sorella e fu un bene perché così fu obbligata a consolarla, come se fosse Anna quella che partiva, e non lei, costretta a mettere un poco da parte il suo sgomento.

Accanto alla chiesa, assai grande per un paesino di nemmeno cento anime, la canonica che dire sgangherata era poco, aveva muri umidi e infissi che lasciavano passare ogni soffio, metà degli scuri che penzolavano sghembi e pavimenti di piastrelle malandate oppure di assi sconnesse. C'era polvere ovunque, c'era nero unto in cucina, c'erano tracce di topi nella credenza e si respirava diffuso odor di stantio, di biancheria non lavata mista a minestra vecchia. Erano, tuttavia, tutti quanti, nemici con i quali Teresa era in grado di misurarsi.

Si mise al lavoro fin dalla prima sera, tanto che, in poche settimane, l'odore di sporco non ci fu più e neppure l'unto nero di cucina né la polvere accumulata sotto i mobili. Puliti i vetri delle finestre, lavate le lenzuola, le tende e perfino le coperte, insaponò, sciacquò, passò candeggina e cera. Affrontò anche l'orto, zappando e rastrellando, legando piante vive e strappando quelle morte, concimando e annaffiando. Alla fine sistemò dei vasi sul balcone, perché la canonica sembrasse una casa come le altre. E si può dire che, in fin dei conti, non le dispiacque pulire e rassettare perché aveva quasi l'impressione di lavorare per sé, per rendere più accogliente un luogo che le apparteneva, in quanto il reverendo non interferiva né comandava, limitandosi a ringraziarla di tanto in tanto per il gran lavoro.

In capo a un mese la trasformazione fu evidente per le quasi cento anime del paese: il casermone triste aveva preso un'aria meno trascurata, più linda e luminosa, quasi, e l'orto pareva essere stato passato con il pettine. Ma quel che più colpì le pecorelle fu l'aspetto nuovo del loro pastore, la tonaca pulita e stirata, e pulita anche la maglia che spuntava dalle maniche, gli scarponi ingrassati di fresco nonché l'aria tutta più soddisfatta e sicura, più spavalda, anche, come fece notare qualcuno.

Cominciarono allora gli sguardi dei parrocchiani, prima piacevolmente meravigliati, poi incuriositi, poi interrogativi, infine sospettosi, inquisitori. Teresa ne fu spaventata, perché nessuno l'aveva mai guardata così, neppure la guardinga signora di città. Pensò al suo aspetto, troppo dimesso, trascurato, giudicato, chissà, indegno per una domestica di chiesa e di canonica e cercò di rimettersi in ordine, di rifarsi due volte al giorno la treccia, di indossare grembiuli sempre freschi e calze non troppo rammendate. Poi, però, ebbe l'impressione che fosse anche peggio. E, infatti, ben presto non ci furono soltanto gli sguardi. Evidentemente le pecorelle erano più severe di sua eccellenza il vescovo, che pure aveva concesso il suo beneplacito all'arrivo di una serva di chiesa ancora assai giovane.

«Cosa ci fa una ragazza in casa del nostro parroco?» l'affrontò un giorno, inchiodandola con gli occhi, una delle donne più assidue in chiesa. E poiché Teresa non trovò risposta, ma si limitò a guardarla, spaurita, quella la incalzò arcigna: «Non sta bene che una ragazza dorma in casa del reverendo. È meglio che te ne torni da dove sei venuta. Se invece vuoi restare, prendi in affitto una stanza in paese. Ammesso che si trovi una famiglia disposta a ospitarti».

Di nuovo Teresa non rispose, e volentieri se ne sarebbe scappata via, dalla chiesa, dalla canonica e da tutta la valle, per tornarsene da Anna. Ma si limitò a piantare lì la sua interlocutrice andando a rifugiarsi tra gli arbusti dell'orto fino a quando l'altra non se ne fu andata. E con il reverendo si guardò bene dall'aprire bocca. Da allora evitò il più possibile di incontrare le donne che sistemavano i fiori in chiesa, per non dar loro occasione di apostrofarla ancora. Ma mentre un giorno, attraverso la porticina socchiusa, spiava all'interno della sagrestia per vedere se per l'appunto c'era via libera, da dietro la sorprese il parroco. E non servì a niente che sgusciasse via prima che egli potesse aprire bocca e chiederle ragione di quel comportamento, perché alla sera non poté sfuggire alle domande. Raccontò, dunque, il fatto, risparmiando al massimo le parole, e il reverendo si limitò a crollare le spalle: «Lasciale dire» brontolò e non ne parlò più. Poi, però, per precauzione, nonostante l'anca malata, fece venire sua madre, e Teresa ne fu contenta, anche se questa madre era un po' come la padrona di città, del genere che controllava da vicino il lavoro, per vedere se era ben fatto, all'altezza del suo reverendissimo figlio. Zoppicando per la canonica suggeriva e illustrava, raccomandava e ordinava, come se fosse stata la sua vera suocera e lei una vera nuora; tuttavia, Teresa non se ne adombrò perché, con quella presenza alle spalle, non temeva le pie donne le quali, per parte loro, dovevano aver caldamente approvato l'arrivo della vecchia signora; subito infatti si mostrarono più accondiscendenti, quasi amichevoli nei suoi confronti.

«Ha fatto bene il nostro parroco a far venire la sua signora madre. Così le cose sono più in ordine» si premurò di informarla quella stessa che, non tanto tempo prima, le aveva consigliato di andarsene.

«Sì» rispose, stavolta, con un filo di voce, Teresa «sono contenta anch'io.»

Poi, però, venne la guerra e la mamma del reverendo preferì tornare a casa per stare con la famiglia dell'altro suo figlio, già richiamato. Ma fortunatamente a quel punto le donne dei fiori avevano altro da pensare che non alla sconveniente presenza di una ragazza in casa del parroco, perché dei novanta abitanti quasi un terzo si arruolò e in paese rimasero, come sempre nelle guerre, soltanto mogli, madri, sorelle, zie, un paio di invalidi, un gruppetto di vecchi e un bel numero tra bambini e ragazzi.

Si fecero assidui in chiesa tutti quanti più di prima, le donne soprattutto, a pregare, a fare il giro delle statue per raccomandarsi ai vari santi, ad accendere lumini, qualche volta a piangere e cessò la gara tra chi portava i fiori più belli, o almeno così sembrò a Teresa. Spesso qualcuna si fermava ad aspettare il parroco, per parlare con lui, dentro o fuori del confessionale, per chiedere novene e messe speciali, ma anche per avere notizie dai fronti, dei mariti e dei figli. «Chieda al vescovo, allora, il vescovo di sicuro saprà» si raccomandavano, quando lui ripeteva: «Non so nulla, ne so quanto voi».

Succedeva però anche qualche volta che, non trovando il parroco chiuso magari in canonica a leggere, a preparare prediche o a riposarsi, le donne si accontentassero di parlare con Teresa, investita, grazie alla sua dimestichezza con lui, di chissà quale rassicurante sapere. Ella si trovò, perciò, non raramente, a doverne consolare qualcuna, magari di quaranta, cinquanta o anche più anni, che avrebbe potuto essere sua madre, in ansia per un familiare: timidamente, allora, cercava di pronunciare frasi ragionevoli, pacate, come se fosse stata lei la loro mamma. E quando non trovava più nulla di adatto da dire, allungava una mano per sfiorare un braccio, una spalla, e ve la lasciava un momento, senza osare muoverla, e non di rado se la sentiva afferrare con forza, quasi che lei potesse davvero essere di soccorso.

Il giorno in cui si venne a sapere in paese – lo disse il prete dal pulpito – che anche Teresa aveva due fratelli partiti per la guerra, d'un tratto a tutti o quasi tutti sembrò normale, se non addirittura opportuno, che una ragazza abitasse in canonica. Teresa fu, dunque, quasi grata alla guerra perché sentì intorno a sé rispetto e non più diffidenza, tant'è vero che qualcuna tra le giovani cominciò qualche volta a invitarla a casa per un caffè. Nonostante il lavoro dei campi e delle stalle fosse ormai tutto sulle spalle delle donne, capitava, infatti, lostesso, che le rimanesse, di quando in quando, un momento per chiacchierare, e capitava anche che Teresa tornasse poi in canonica con una piccola cosa avuta in regalo, un fazzoletto per la testa, un paio di guanti, un nastro per la treccia, un po' di lana, una camicetta smessa, perché vedevano, quelle ragazze, che non possedeva niente o quasi niente, vestita sempre con gli stessi abiti finché quasi cadevano a brandelli.

Cominciarono poi, uno dopo l'altro, ad arrivare i morti dalla Russia, dalla Polonia, dalla Francia, e al cimitero non smisero più i lavori. Ci fu lutto in quasi ogni casa, ma nemmeno in quelle poche che erano state preservate dalla sciagura si osò più ridere e chiacchierare intorno a una grappa o a un caffè, perché il peggio poteva ancora accadere e starsene insieme spensierati sarebbe stata una sfida troppo sfrontata.

Fu dato per disperso anche uno dei fratelli di Teresa che, nel frattempo, aveva imparato abbastanza il linguaggio della guerra per capire che disperso voleva dire scomparso, introvabile e cioè molto probabilmente morto, anche se stavano tutti quanti attenti a non pronunciare quella parola.

Da adulto praticamente non l'aveva conosciuto, ma un poco riusciva a ricordarlo, invece, da ragazzo, sempre seduto in un angolo della cucina, vicino al cane con il quale parlava più che con il resto della famiglia. E le tornava in mente quando una volta la mamma gli aveva massaggiato i piedi intirizziti, e da bianchissimi, un po' alla volta erano diventati rossi: e lui aveva scalciato e pianto per il dolore del sangue che riprendeva a scorrere, facendola arrabbiare.

Immaginò suo fratello disperso nella neve, in lacrime come quella volta da ragazzo, senza neppure un cane per consolarsi, e poi agonizzante nel gelo da qualche parte, forse in fondo a una trincea o dentro un fosso ghiacciato oppure in un campo, straccio scuro abbandonato sul bianco sterminato, e sentì il bisogno di tornare a casa, almeno per qualche tempo, per consolare se stessa e i suoi, per sentirsi ancora parte di una famiglia, e il parroco la lasciò andare.

Fu però quasi subito delusa perché i ricordi non coincidevano con niente. La casa, rifatta quasi in ogni sua parte, non aveva più il caldo odore antico, e nuove tende le davano una luce diversa e un'aria estranea; il papà sordo, assente e malfermo sulle gambe, sospirava invocando il figlio disperso, il fratello grande – quello, sì, rimasto uguale a prima – si lamentava del raccolto scarso, dell'inverno duro, delle tante spese, mentre la cognata era troppo indaffarata con i due bambini che, vedendo la sconosciuta zia, si erano nascosti dietro le sue gonne.

Passate le prime ore di sorpresa per l'inaspettata visita, nessuno si interessò più a lei e al suo dispiacere per il fratello disperso, tanto che Teresa si sentì quasi più sola che in canonica. E tutti quanti sembrarono approvare la sua decisione di tornare al più presto al lavoro, dei cui proventi continuavano, del resto, a giovarsi. Si chiese cosa si era aspettata. Consolazione per il suo dolore che credeva anche il loro, e forse lo era, ma che non li univa più. Era corsa a casa senza troppo pensare, e, partendo, aveva avuto in mente un'altra casa, quella del tempo ordinato di sua madre, quella dalla quale di notte vedeva le luci sparse di sotto, solitarie o in gruppo. Ma non l'aveva più trovata. Fu perciò contenta di tornare a dormire di nuovo nel suo letto in canonica, un vero letto e non le due coperte piegate, senza cuscino e senza lenzuola, in cima alla stufa dove aveva passato le ultime due notti, esattamente come quando era una bambina.

Che vita era diventata la sua? Non una cattiva vita, in fondo, rifletteva Teresa, nonostante, a lungo andare, la guerra avesse reso quasi tutti più cauti, più paurosi, ossessionati dall'idea di rimanere senza cibo, senza lana, senza legna. Non una cattiva vita, sebbene dappertutto si risparmiasse all'osso, anche in canonica, dove già prima non si scialacquava. E ancora meglio sarebbe potuta essere la sua vita, ora che le donne del paese non trovavano più tanto sconveniente che una ragazza dormisse sotto lo stesso tetto del parroco, se questo parroco non fosse diventato via via più lunatico e silenzioso, anche lui marcato dalla guerra o chissà da cos'altro.

Pesava a Teresa l'inasprita parsimonia di parole del reverendo, in nome della quale a lei ne concedeva solo con il contagocce, quasi che si fosse macchiata di qualche passo falso, che doveva espiare tacendo. Eppure, in altri tempi, si era mostrato garbato e persuasivo, generoso, quasi, di discorsi, per convincerla a seguirlo. E quei suoi modi urbani non doveva averli dimenticati del tutto, perché con qualche sua devota parrocchiana, ancora sapeva usarli, soprattutto se si trattava di una di quelle più generose nelle offerte, assai gradite negli anni magri della guerra. In cambio di una fetta di lardo o di formaggio, di una forma di burro o di una bottiglia di profumata acquavite, sottratte chissà come alle dure economie domestiche, eccome il reverendo si mostrava generoso di sorrisi e di parole! Poi però, quelle preziose provviste non le affidava, come un tempo, a Teresa perché le riponesse nella dispensa, ma se ne occupava di persona, conservandole in un suo armadio speciale chiuso a chiave, cui ogni tanto si accostava per trarne un boccone o un bicchierino colmo, sempre uno solo naturalmente.

Oltre ai modi lunatici riservati a lei – come se Teresa fosse stata la vecchia moglie da trattare alla meno peggio, e le altre invece, amiche degne di sorrisi e gentilezze – e a una sua recente abitudine di imporle sempre più spesso qualche sacrificio per chiedere perdono dei peccati del mondo, detestava la sua nuova avarizia che non le pareva ragionevole senso del risparmio e neppure lodevole distacco dalle cose del mondo.

Era colpa della guerra e non del reverendo – si diceva Teresa – ma non per questo fu scontenta il giorno in cui egli scoprì che in quel suo armadio segreto si erano fatti largo i topi. Non se ne rallegrò tuttavia a lungo perché fu lei a dover espiare la colpa dei roditori con nuovi e più frequenti sacrifici che via via le vennero comandati: niente più zucchero nel latte per tutta una settimana, un'intera via crucis da recitare al venerdì, letture edificanti – dalle vite dei santi – un'ora ogni sera e sveglia prima all'alba per tre giorni di seguito.

Non immaginava, Teresa, come avrebbe rimpianto, soltanto qualche mese dopo, quegli innocui sacrifici, il silenzio, le vie crucis, i rosari, i libri difficili come anche gli umori lunatici e scontrosi.

Successe infatti che il parroco, chissà se per aver esagerato con l'acquavite oppure perché, semplicemente, glielo imponevano la sua stagione e il tempo selvatico della guerra e dei morti, una notte, tardi, nel buio profondo, avanzò a tentoni nella sua camera e l'assalì nel letto come un rapinatore assassino e non ci fu modo per lei di salvarsi, nonostante le suppliche, il pianto e il lungo battagliare. Nonostante la magrezza, aveva braccia robuste per il gran lavorare, ma lui era più forte. E così, d'un colpo, cambiò tutto, e non ci furono più quel sentirsi in qualche modo a casa in canonica e quella convinzione di avere, in fondo, una vita abbastanza buona. Vennero, invece, lo sgomento e la vergogna e, la mattina seguente, il freddo addosso e il sangue nel letto.

Una volta in piedi, Teresa cercò di ricomporre la faccia disfatta dal pianto e il corpo malmenato, anche dall'insonnia. Scese molto prima del solito perché non resisteva a stare più a lungo in camera e andò a camminare nel freddo, confidando di non incontrare nessuno nel semibuio della mattina. Nel bosco si sarebbe voluta nascondere, perché chiunque l'avesse vista, era sicura che avrebbe capito. Lontano sarebbe voluta andare, fino a essere purificata dall'aria fredda della mattina.

Scappare doveva: ma per rifugiarsi dove? Da Anna, sì, da Anna e dal suo cognato silenzioso, ma non poteva, non subito, non ancora, perché sua sorella le avrebbe chiesto: «Come mai?», «Cosa è successo?» , «Perché così di precipizio?». E lei non ce l'avrebbe fatta a tacere, a rispondere: «Niente, niente» o a inventarsi una storia ragionevole. Avrebbe raccontato subito del parroco che la notte l'aveva assalita, e loro non le avrebbero creduto perché era una cosa che non si poteva credere, e allora l'avrebbero guardata con sospetto, come una donnaccia, la vergogna della famiglia, e non l'avrebbero voluta accogliere in casa.

Dopo più di un'ora nel bosco tornò, dunque, indietro, alla canonica, per la strada che non attraversava il paese, perché ancora non voleva incontrare nessuno e prima doveva guardarsi allo specchio per vedere se qualcosa si notava, se aveva ancora quei brutti occhi foschi che aveva avuto all'alba. Ma anche la voce l'avrebbe tradita, si sarebbe spezzata soltanto a salutare. O magari avrebbe avuto un suono diverso da prima, più spento, come di chi è malato o è stanco da morire.

Più di tutto temeva di incontrare il reverendo, dovergli rivolgere la parola, ascoltare, chissà, le sue. Niente voleva da lui, non scuse, non complicità, non imbarazzo né vergogna. Lo rivoleva come prima, scorbutico, silenzioso, disinteressato a lei, come se niente fosse successo, come se fosse stato solo un suo incubo notturno. Tornare indietro avrebbe voluto, di un giorno, non avere vissuto quell'ultimo, che fosse stato assente, nel calendario, come il 29 di febbraio. Oppure, riuscire a dimenticare, a cancellare ogni cosa come si cancella, con una buona gomma, l'errore nel quaderno di scuola.

Per fortuna, il reverendo non parlò, non spiegò, non si comportò in modo diverso dagli altri giorni. Teresa lo incrociò mentre tornava dalla preghiera mattutina, in chiesa. Rispose al suo «Buongiorno» senza guardarlo, con voce che lei stessa appena poteva sentire, e salì rapida in cucina, dove dopo un po' lui la raggiunse per la colazione pronta in tavola.

Mangiò in silenzio, il prete, non commentò la temperatura come succedeva di solito né le chiese cosa avrebbe preparato per mezzogiorno: in questo, è vero, ci fu una piccola variante nella mattinata. E neppure l'interrogò come faceva qualche volta: «Hai dormito stanotte? Sei pronta per metterti al lavoro?». Per questa domanda, pensò Teresa, gli doveva essere mancato il coraggio. Tuttavia non gli mancò per darle una lieve pacca sulle spalle, al momento di lasciare la cucina, come per invitarla a farsi forza, e Teresa avrebbe voluto non esserci del tutto: non era sufficiente curvarsi in avanti per sentire il meno possibile il contatto, il peso della sua mano.

La sera non si spogliò e non andò a letto, ma rimase seduta al tavolo della cucina e dormì un poco con la testa sulle braccia appoggiate al tavolo. Prese, anzi, l'abitudine di passare così le notti, per cui la mattina era stanca quasi più della sera, la faccia e gli occhi pesti e le spalle doloranti. Ma considerava che fosse una sorta di espiazione, un modo di punirsi per non aver vegliato prima, per non aver capito cosa stava per succedere, non essersi saputa proteggere da quella disgrazia o, peggio, per averla, chissà, provocata con un suo modo troppo amichevole o un sorriso troppo familiare. Il castigo per essersi sentita sempre perfettamente tranquilla, protetta dalla sua scarsa bellezza, dalla sua bruttezza, anzi. Per non avere mai neppure lontanamente preso in considerazione quell'eventualità; per non aver dato retta alle parole della parrocchiana, quella che le aveva consigliato di andarsene dal paese, perché non stava bene che una ragazza dormisse sotto lo stesso tetto del parroco. Aveva preso per un'accusa quel che invece era un suggerimento, forse un avvertimento.

Di stare in camera aveva paura, perché la porta era senza chiave, e aveva paura anche nelle scale e nei corridoi perché la luce che la sera avrebbe dovuto illuminarli era così fioca da lasciare ombre ovunque, tanto che anche prima, sempre li aveva percorsi di fretta. Un poco più sicura si sentiva, invece, in cucina, perché la finestra dava sulla piazza della chiesa e da fuori si sarebbe potuto vedere dentro e perché non voleva credere che cose così si potessero fare in una cucina, dove si bolle, si frigge, si mangia, si beve e poi si lavano pentole e piatti, con odore di cibo e di lisciva.

Il parroco non si accorse o forse finse di non accorgersi che non dormiva più nella sua stanza. Un poco la evitava, ma non più di tanto, e nemmeno fu più paziente o più indulgente o più affabile di prima, e questo aggiunse rabbia allo smarrimento di Teresa. E chi avesse osservato da fuori, anche con occhio attento – come, per esempio, era il caso delle solite pie donne – non si sarebbe accorto di nulla, non avrebbe neppure lontanamente immaginato che una cosa così fosse accaduta.

Talmente uguale a prima si comportò il reverendo – come se la sera nel letto non fosse stato lui ad assalirla, bensì uno somigliante a lui, con addosso la stessa maglia sua che Teresa conosceva bene per averla lavata tante volte, e le stesse mutande lunghe fino al ginocchio – che, a un certo punto, lei si sentì quasi rassicurata. È stata una furia improvvisa, cominciò a pensare, il delirio di una notte, l'ubriachezza di una sera della quale, probabilmente, nemmeno si ricorda più.

Spossata da troppe notti al tavolo della cucina, osò, dunque tornare a dormire nel suo letto, non senza aver, prima, spostato contro la porta i pochi mobili che arredavano la stanza: una sedia, un tavolino, il comodino; non l'armadio, troppo grande e pesante. Non sarebbe servito a niente, non certo a impedire a qualcuno di entrare, però a metterla sull'avviso, sì. E lei, risvegliata dal rumore, avrebbe avuto il tempo di saltare giù dal letto e di scappare via svelta.

Invece quando successe di nuovo, non riuscì a fare nulla perché il sonno era pesante, perché non sentì i suoi passi e nemmeno la porta che si apriva. Di nuovo il reverendo fece ogni cosa senza una parola, con la mano inutilmente premuta sulla sua bocca, perché Teresa non avrebbe trovato il coraggio di gridare. Pianse soltanto, per tutto il tempo dell'assalto, e continuò a piangere anche quando lui da un pezzo se n'era già tornato nella sua stanza.

E la volta dopo non successe nel suo letto, ma in cucina dove era tornata a dormire sulla sedia, proprio nella stessa cucina nella quale tagliava la verdura, cuoceva il pane e la minestra e poi lavava i piatti e il pavimento. Dove si poteva guardare dentro attraverso la finestra, ma a quell'ora della notte là fuori non passava nessuno e, comunque, lui si era ben guardato dall'accendere la luce.

Forse il reverendo l'aveva prima cercata in camera e poi l'aveva raggiunta lì; forse invece l'aveva spiata fin dal principio e sapeva dove trovarla. Anche al buio si mosse senza esitazione, padrone del luogo e della sua serva: chiuse la porta a chiave dietro di sé e lei fu in trappola, selvaggina senza via d'uscita che rinuncia a inutili tentativi di fuga e, quasi, si consegna al suo cacciatore.

Il reverendo doveva aver colto la rassegnazione di Teresa mentre si alzava docilmente dalla sedia, restando ad aspettare in silenzio, senza trovare il coraggio di guardarlo in faccia: dopo di allora, sia che passasse le notti nel suo letto sia seduta in cucina, divenne, infatti, un'abitudine, una cerimonia a cui lui non rinunciava, come dire le preghiere alla sera, pulirsi i denti oppure bere l'infuso di tiglio per dormire quieto. E, detestandosi, lei si abituò a sua volta, esattamente come ci si abitua a tutto, alle cose belle e a quelle brutte, in questo caso senza dubbio brutta.

Solo che poi, con il tempo, in modo misterioso e malefico, tanto brutta non le sembrò più, ma normale, quasi. E così, nelle notti, Teresa arrivò perfino a dispiacersi che lui non parlasse mai oppure che, dopo, si alzasse e se ne andasse a dormire nel suo letto, mentre lei restava sola nel suo, sveglia e sottosopra, a rimuginare sull'impossibile, sul proibitissimo che era appena successo.

L'indomani in chiesa, però, tutto tornava a essere orribile e pesante sulle sue spalle. Nera peccatrice ridiventava allora, doppiamente peccatrice perché si era arresa e perché se una sera lui non veniva, quasi se ne rammaricava. Dopo averlo negato ostinatamente con se stessa, fu poi costretta a riconoscere che le notti vuote le temeva ormai quasi più delle altre, perché le lasciavano troppo tempo per pensare oltre che freddo addosso. Ma i suoi peccati poteva ormai solo confessarli a sé, perché dal reverendo non poteva più andare. E neppure da un altro, perché avrebbe dovuto promettere di sottrarsi, di non farlo più, sapendo che non ci sarebbe riuscita.

Poi, un giorno, si accorse che il suo corpo era cambiato, che la pancia si era fatta dura e i seni che prima non c'erano – calma piatta sotto la pettorina del grembiule – all'improvviso ci furono e si fecero sentire, doloranti. Cosa aveva creduto, Teresa? Niente aveva creduto, niente aveva pensato, tranne che di figli dal suo corpo secco, come di un ragazzino, non ne sarebbero mai potuti uscire. Neppure uno piccolo piccolo come un cucciolo di gatto o di coniglio. È vero, non aveva più visto il sangue, ma già a casa della signora in città era successo quando il cibo era stato particolarmente scarso. E poi, di istruzione sulle cose delle donne ne aveva avuta poca, né era stato spiacevole restare ogni tanto senza sangue.

Non disse nulla, naturalmente, però si buttava in ginocchio ogni giorno in chiesa a supplicare che quella cosa che aveva dentro morisse. Non davanti alla Madonna perché una cosa così terribile non la si può chiedere a una madre, bensì davanti a un'altra santa, una santa Margarita della quale non sapeva nulla, ma nel quadro sopra l'altare laterale le sembrava così allampanata e secca che di sicuro doveva essere stata una ragazza che mai aveva messo al mondo figli. E non si risparmiava nel lavoro, fregando pavimenti e scale con foga raddoppiata, salendo e scendendo i piani di corsa, fino a essere stanca morta, sempre sperando che quel che aveva in pancia non sopportasse il gran trambusto. Oppure usciva di casa e saliva nel bosco, correndo sempre più in fretta, per togliersi il respiro, e toglierlo anche a lui, intruso figlio del reverendo, più che figlio suo.

Continuava, Teresa, a toccarsi il ventre e i seni, per sentire se crescevano, illudendosi, ogni tanto, di aver solo mangiato un po' più del solito negli ultimi tempi, di essersi magari arrotondata a causa di certe frittelle che aveva preparato. Delle quali, però, aveva assaggiato solo quelle malriuscite, e non erano state così tante. E se fosse invece stata l'aria a farla un poco lievitare? Forse che i contadini non lo ripetevano sempre che bastava l'aria buona per far rifiorire una ragazza un po' magretta, un po' pallida e senza carne? Invece lo sapeva bene, inutile illudersi, quella non era normale ciccia, ma il gonfiore del peccato.

Finita fu la pace, questa volta davvero. Finiti i tempi dei pentimenti e, ancora di più, quelli della sia pure breve, notturna e silenziosa euforia e poi del volontario arrendersi. Adesso sì Teresa avrebbe voluto davvero resistere al reverendo, nascondersi, chiudersi a chiave, proibirgli anche solo di toccarla con un dito. Ma non sapeva come. Tentò di dire no, no, non voglio, la prego, la supplico, la scongiuro, ma lui non si lasciò fermare, sembrò anzi – come fosse un uomo normale e non un prete – trovare maggior gusto nel suo resistere, perché, essendo il più forte, andava comunque a finire come voleva lui.

Finché – sarà stato il quinto o il sesto mese? – infine il reverendo se ne accorse. Ci volle tanto perché Teresa non aveva fiatato, invogliata a credere che nulla sarebbe successo se nessuno ne avesse parlato. Una volta nominato il fatto, invece, non ci sarebbe più stato scampo, e il bambino sarebbe cresciuto e poi venuto al mondo. Ma ci volle tanto perché il reverendo se ne accorgesse anche perché, probabilmente, nemmeno lui sapeva molto del ventre delle donne.

Chissà se il sospetto gli venne nel letto, al buio o, invece, guardandola di giorno, perché il grembiule che prima doveva avvolgere quasi due volte intorno al corpo, cominciava a tirare, e non bastava più che Teresa cercasse di nascondersi dentro una specie di vestaglia troppo grande, trovata chissà dove.

«Sei ingrassata» commentò una mattina dopo averla guardata soprappensiero, e Teresa si limitò a fare un cenno con la testa, che poteva essere un sì o un no, senza sollevare gli occhi.

«Mangi troppo?»

«Non so» buttò lì lei affrettandosi verso la porta. Ma lui fu rapido a seguirla e a girarla afferrandola per le spalle. E allora, con gli occhi fissi sulla sua pancia, la investì con voce strozzata: «Sei regolare con il sangue?». E poiché lei non rispondeva, glielo richiese, scrollandola con forza. Teresa tacque ancora, senza guardarlo e infine si decise a scuotere la testa.

«Disgraziata. Te ne devi andare subito, prima che qualcuno ti veda in queste condizioni. E da questo momento non esci più di casa. Dirò che sei malata. Vai dove vuoi ma qui non puoi più stare.» Teresa conservò nel cuore le parole del reverendo, viatico per lei e per il bambino, benedizione alla rovescia cui, in seguito, quando fu ormai esperta della vita, avrebbe voluto rispondere a tono, eccome avrebbe voluto rispondergli.

Invece allora, mentre il parroco si accendeva in viso, agitato, fuori di sé, ora con la testa tra le mani ora sedendosi e poi di nuovo rialzandosi, lei si limitava ad annuire con la testa, obbediente, senza riuscire a pensare dove sarebbe andata e come sarebbe stata la sua vita e quella del bambino. Alla fine le venne da piangere, e singhiozzava tirando su con il naso, finché il reverendo estrasse di tasca il suo gran fazzoletto rosso e senza guardarla glielo porse, come se fosse stata una bambina piccola e lui suo padre oppure suo zio o nonno. E fu il primo e l'ultimo gesto di vera attenzione che ottenne da lui.

Teresa rimase in canonica una settimana ancora, il tempo di scrivere alla sorella del suo arrivo, senza spiegare il motivo. Piuttosto che presentarsi a casa di suo padre in quelle condizioni avrebbe preferito morire, con il fratello grande che non l'aveva mai trattata tanto bene, nemmeno da bambina, con la cognata semisconosciuta, con l'altro fratello tornato dalla guerra senza una gamba e perciò incapace di lavorare e disperato per conto suo, e con il papà cui non voleva dare il dispiacere di vedere una figlia, la figlia piccola, quella che, soprattutto, non doveva dare preoccupazioni, ridotta in quella maniera.

Nei giorni che restarono il reverendo si guardò dal mettere piede nella sua stanza. Silenzio di notte, niente passi sul legno scricchiolante del corridoio fuori della sua porta, proprio quel che Teresa aveva tanto desiderato. E, invece, era come se quell'immobilità e quel silenzio decretassero il suo abbandono. Rintanata di giorno doveva stare, senza poter parlare con nessuno, e ancora più rintanata di notte, nascosta e rifiutata, non più attraente neanche per un prete. L'aveva scongiurato di lasciarla stare, di non toccarla più, e invece ora, nella sua solitudine, avrebbe voluto che venisse, per un'ultima volta almeno.

Partì di notte, come il reverendo si era raccomandato, con addosso un gran cappotto che le aveva procurato, e quella notte venne soltanto a bussare alla sua porta, per svegliarla nel caso ancora dormisse, e nient'altro più. Tornò, infatti, subito nella sua stanza e Teresa non lo rivide. In cucina aveva lasciato per lei due soldi, liquidazione per i servizi ottenuti, pensò, esitando un poco prima di metterseli in tasca, perché la tentazione di lasciarli lì era grande. E poi via giù a piedi nel buio, senza salutare nessuno del paese, neanche le ragazze con le quali, nei primi tempi della guerra, aveva chiacchierato e bevuto caffè. Nessuna luce accesa ancora, solo i profili neri delle case.

«Una volta messa a posto la faccenda» – così si era espresso il reverendo, intendendo la nascita del bambino e la sua sistemazione in un istituto – avrebbe cercato di darle una mano per trovarle un lavoro, possibilmente lontano, dove nessuno sapesse. Con quel pensiero Teresa scendeva verso il fondovalle, senza riuscire a immaginarsi nulla di quel che sarebbe stato. Un istituto? Un lavoro lontano da qui? Il parroco le era sembrato quasi tranquillo negli ultimi giorni e con voce sicura, niente affatto strozzata come quando aveva compreso il fatto, aveva annunciato il programma che lo liberava da ogni preoccupazione. «E silenzio assoluto con tutti» si era premurato di aggiungere a voce più bassa «perché, tanto, nessuno ti crederà.»

Prima di sistemare la faccenda, c'era, però, da incontrare Anna, c'era da spiegarle, poco, pochissimo, ma qualcosa avrebbe dovuto dirle, anche se non del parroco. C'era da presentarsi alla porta, salutare, incontrare il suo sguardo, lasciarsi squadrare e poi convincerla a tenerla con sé, per un po', almeno fino alla nascita. Teresa non sapeva nemmeno quando sarebbe avvenuta, tra un mese, due, tre? E c'era da affrontare il cognato che, magari, in una circostanza simile avrebbe parlato, espresso il suo giudizio, forse vietato alla moglie di accogliere la sorella in quelle condizioni. Dove sarebbe andata allora?

Camminò quasi due ore per arrivare alla fermata della prima corriera del mattino che attese per una mezz'ora ancora mentre faceva luce, una bella luce dolce: il tempo di congedarsi dai luoghi e dalle circostanze che avevano causato la sua disgrazia. Per non cedere alla tentazione di abbandonarsi sulla panchina, mettere la testa tra le mani e restare così all'infinito, cercò, come era suo solito nei momenti difficili, di concentrarsi sul presente. Adesso arriva la corriera, adesso salgo e mi siedo, adesso viaggio e guardo fuori dal finestrino. Mi cerco un posto davanti, altrimenti lungo questa strada tutta curve rischio di stare male. E mi tengo il fazzoletto in testa di modo che nessuno mi riconosca.

Così fece. Però mentre la corriera andava e si mangiava i chilometri, troppo in fretta diminuiva la distanza che la separava dalla meta. Tentò di fare ancora il gioco del presente – adesso arrivo, adesso scendo, adesso prendo la strada che sale verso la casa di Anna- ma non ci riusciva più. Scese, sì, e prese la via in salita, ma si sentiva come una condannata che non ha scampo. Con fatica metteva un piede davanti all'altro, con diligenza, ma doveva decidere caparbiamente ogni passo, altrimenti si sarebbe fermata. Non per stanchezza delle membra, ma per spossatezza del cuore, della testa. E intanto cercava di mettere in ordine qualche frase, qualche parola per sua sorella, ma cosa può mai dire una ragazza che, partita per lavorare, torna a casa aspettando un figlio e senza marito o fidanzato?

Arrivò, bussò e quando Anna aprì la porta non disse niente e solo l'abbracciò. Si lasciò tirare dentro casa e tutto sembrava normale e lieto, con sorrisi – sia pure esitante e timido il suo – da una parte e dall'altra. Se soltanto questi primi minuti potessero durare, riuscì ancora a pensare Teresa, prima di essere costretta a togliersi il cappotto, aiutata da sua sorella che già aveva teso le braccia per prenderlo. Poi rimase lì ferma, in piedi, e le pareva di essere nuda. Così rigida e chiusa se ne stette, e con il viso afflitto e gli occhi di pianto, che Anna fu costretta a guardarla meglio per capire se per caso si sentisse male.

Ci fu silenzio, e per un momento lungo, nessuna delle due parlò. Poi sua sorella quasi strillò – chissà se di gioia, di sconcerto, di sospetto oppure di gelosia per non aver mai avuto figli, lei: «Di chi è, dimmi di chi è». Ma Teresa scosse solo la testa.

«Allora non ti sposi?»

«No».

«Perché?»

«Lui non vuole.»

«Non vuole?»

«Non può.»

«Sei stata con un uomo sposato!»

Teresa esitò. «Sì» disse poi.

«Devi essere diventata pazza.»

«Sì.»

«E anche stupida e scervellata.»

«Sì.»

«Quando nasce?»

«Non so.»

«Non sai?»

«No.»

«Qualcuno sa, qualcuna ti ha visto?»

«No.»

«E adesso che farai?»

«Non so. Mi puoi aiutare?»

Anna prese tempo, molto, e infine sentenziò: «Starai qui finché nasce. Nessuno dovrà vederti, nemmeno i parenti nostri, per il tuo bene. Il bambino potrà restare qui, ma tu, dopo, te ne dovrai andare».

Teresa annuì perché la voce per rispondere non bastava. Un momento si era immaginata, si era illusa che sarebbe potuta semplicemente rimanere a vivere da Anna, con il bambino.

Nei giorni che seguirono comprese perché la sua era

stata un'illusione: il cognato, che già parlava poco, una volta resosi conto della situazione, smise di salutarla, neppure più buongiorno e buonasera e, per non vederla, stava fuori casa tutto il giorno, anche dopo il lavoro, seduto fino a quando veniva notte sulla panca di fianco all'ingresso, facendosi portare lì la minestra della cena. E quando rientrava, se Teresa ancora indugiava in cucina, andava diritto in camera, a coricarsi. Logico che Anna rivolesse suo marito normalmente in casa e non fuori, come un senzatetto.

Nacque in casa il bambino, in un attimo, facilmente, ed era brutto, un maschio mingherlino e dalla faccia lunga, ma a Teresa sembrò bello e bello sembrò anche ad Anna che prese subito a maneggiarlo come fosse suo. Brutto, dunque, con il viso stretto e le orecchie grandi del reverendo, però buono per fortuna, di pochi pianti, così che il cognato non ne fu disturbato; al contrario, inaspettatamente, parve incuriosito, come si rimane incantati da un cucciolo di cane particolarmente ben riuscito, o anche di gatto o di coniglio. Addirittura, quando pensava che le sorelle non vedessero, si fermava a guardarlo nella vecchia culla che molti anni prima era servita a lui, allungando qualche volta un dito a sfiorargli una guancia o la manina chiusa a pugno. Non per questo, però, riprese a parlare con Teresa.

Quanto a lei, lo prendeva in braccio tenendolo stretto come se fosse stato ciò che da sempre aveva aspettato e desiderato. Decise di chiamarlo Teresino, dopo aver preso un momento in considerazione la possibilità di battezzarlo Luisetto, in onore della mamma del reverendo. Lo scartò però quasi subito, pensando che la signora Luisa di sicuro quel nipote non avrebbe voluto nemmeno vederlo; e per lo stesso motivo scartò anche il nome del loro padre, pur proposto con insistenza da Anna.

Lo poteva prendere in braccio, però, solo in assenza di sua sorella che, fin dall'inizio, le aveva comandato di non affezionarsi. Soltanto allattare poteva e poi subito rimetterlo giù. Ma Teresa non ubbidiva e per tenerlo in collo, stringerlo e baciarlo approfittava della notte, quando sistemava la culla vicino al suo letto per zittire sul nascere i suoi strilli affamati. E mentre lo teneva le tornava in mente di come aveva pregato l'allampanata santa Margarita affinché lui non nascesse, affinché sparisse in qualche modo dalla sua pancia. Per fortuna che la povera santa non aveva sentito o non aveva ascoltato dall'alto del suo altare.

Fu, perciò, un dolore grande, uno strazio, quando fu obbligata ad andarsene. Ancora prima che nascesse il bambino, Teresa aveva scritto al reverendo se poteva trovarle il posto cui aveva accennato. Per fortuna aveva scritto prima, perché dopo, una volta visto Teresino, non ne sarebbe più stata capace. E arrivò, infatti, ben presto, troppo, troppo presto per Teresa, la lettera con l'indirizzo di una famiglia lontana, a tre, quattro ore di viaggio, che cercava una domestica fidata, fedele, giovane ma senza grilli per la testa.

Partì che il bambino aveva tre mesi e, un poco, qualche volta, così le sembrava, già stirava le labbra per sorridere. Piangere, Teresa non poteva più, ma tremava mentre gli accarezzava per l'ultima volta la testa liscia e la fronte, come faceva quando voleva che prendesse sonno. E pensò a come era stata felice da quando l'aveva avuto vicino, mentre chiunque avesse saputo di quel che le era accaduto, avrebbe commentato: che disgrazia, che sventura, che sorte avversa.

Fu solo sulla porta che Anna le annunciò, senza che lei potesse trovare subito qualcosa da ribattere: «Sarà figlio mio, per tutti. Lo faremo battezzare e registrare come nostro».

«Però chiamatelo Teresino!»

«Se ti piace proprio.»

«Sì, mi piace. Altrimenti vi dimenticate che è mio.»

«Sei tu che te ne devi dimenticare» furono le ultime parole che sentì da Anna, la sua sorella maggiore nella quale aveva sempre confidato.

Poi viaggiò a lungo, in corriera, treno e l'ultimo pezzo a piedi, prima di arrivare a destinazione, nella casa in cui avrebbe lavorato, sul cui muro esterno si arrampicava la vite selvatica, esattamente come a casa sua, quella della sua infanzia. «Buon segno» pensò. «Forse mi vuole dire che un poco mi potrò sentire a casa.»

Anche lì era da poco nato un bambino, un maschio, di appena due mesi più vecchio del suo, però biondo e non così magro, ma comunque bello, quasi come il suo, sembrò a Teresa, dal primo momento che lo vide. E fin da allora, senza che gli altri davvero capissero perché, Teresa parteggiò sempre per quel bambino, e poi anche per i fratelli che sarebbero nati in seguito: non contro i genitori – con i quali non ebbe mai molto da ridire – bensì contro il mondo intero.

Maria

Maria veniva da Strasburgo, quando Strasburgo faceva ancora parte della Germania. Aveva un padre – la cui foto la seguì dappertutto – ufficiale della Wehrmacht decorato al valore, privo del braccio destro, perso in combattimento sul fronte francese. E una mamma di origini ebraiche, malata di nervi, come si diceva allora. Il suo bisnonno per parte materna (oppure trisnonno) veniva da Francoforte e lavorava nella bottega di un tale Mayr Amschel, non si sa se solo titolare di un banco di pegni e prestatore di soldi, o già banchiere, futuro Rothschild.

Di questo bisnonno (o trisnonno) aveva in casa un ritratto a olio, in cui, contro lo sfondo scuro e la giubba marrone spiccavano le guance lievemente arrossate ai pomelli di un uomo serio, concentrato, cui mai sarebbe venuto in mente di ridere, dalla faccia tonda e dagli occhi profondi, neri, intelligenti. «Uguali ai miei» diceva Maria, mentre a volte lo scrutava, come per scoprire il segreto di quello sguardo. Il bisnonno sarebbe stato perfetto, per concentrazione e intensità dell'espressione, nei panni de "il mercante" o de "l'orologiaio" oppure de "lo speziale" di un quadro di Frans Hals. Della sua prosperità rimase a Maria un lascito tangibile, sotto forma di un prezioso modellino dorato della cattedrale di Reims chiuso dentro una campana di vetro con, al posto del rosone, un orologio che, debitamente caricato, suonava ogni quarto d'ora, come appunto fanno gli orologi delle chiese. E, sempre da lui, dovevano provenire anche certi cucchiaini da tè di bell'argento pesante, ornati di fiorellini, con incisa una grande A svolazzante, e anche delle graziose posate da pesce sul cui manico si allungava, languida, una sirena, che Maria teneva tra le sue cose preziose, ciascun pezzo avvolto in carta velina diventata molle per gli anni e per l'uso. In più c'era la libreria del bisnonno, con i classici tedeschi, russi, francesi di cui si erano nutriti i suoi discendenti, lei compresa o, forse, soprattutto lei.

Il bisnonno si chiamava Appelbaum, esattamente come volle scritto sul campanello accanto alla porta la sua bisnipote, per far credere a quanti passavano di lì che in quella casa non ci abitava lei sola, ma che al primo piano ci stessero anche gli Appelbaum, che avrebbe potuto chiamare in soccorso in qualsiasi momento per proteggersi da eventuali malintenzionati. Era intelligente, Maria, ma anche ingenua, convinta com'era che fosse sufficiente scrivere due nomi sul campanello per far pensare a ladri e scassinatori che in quella casa era meglio non mettere piede.

La sua famiglia, i genitori con le tre figlie, facevano parte del meglio che, a quel tempo, la società tedesca potesse esprimere. Il coraggio, la cultura, la rettitudine, l'onestà, il buon gusto, la dignità, il decoro erano, per così dire, qualità insite in loro, come un vestito cucito su misura, necessario, e perfettamente naturale. Famiglie così esistevano nelle favole dei Grimm, nei romanzi di Fontane, nei poemi di Goethe e nei drammi di Schiller. In nome del dovere andava affrontato qualsiasi sforzo, qualsiasi sacrificio. Lamentarsi – del freddo, del caldo, del cattivo cibo, di un dolore fisico o mentale – era permesso, e in misura limitata, soltanto ai bambini che, però, a dieci, dodici anni, almeno in questo senso, smettevano di essere considerati tali.

Maria e i suoi erano protestanti, andavano in chiesa con una certa regolarità, recitavano, quando era il caso, le preghiere e i salmi: con naturalezza, però, senza ostentazione né cattolica intensità. Anche se avevano buona familiarità con il galateo ecclesiastico, non si potevano definire particolarmente pii. Oltretutto, almeno per Maria, l'estetica veniva prima della fede, nel senso che non esitava a tradire il tempio protestante per una chiesa cattolica se la trovava più bella, se le cerimonie le sembravano più suggestive, se i canti erano accompagnati da un organista più bravo.

Una volta che una suora francescana bussò alla sua porta chiedendo un obolo per le missioni, rispose che avrebbe dato il suo ai missionari protestanti: «Però l'abbiamo vista tante volte nella nostra cappella!». «Sarà pur permesso visitare la cappella per ammirare gli affreschi e ascoltare i canti» rispose, serafica, Maria.

Quando si trasferì in Italia si adattò perfettamente ai riti cattolici, recitando con gli altri la preghiera della sera e frequentando la chiesa. E se decideva di rinunciare, sempre si raccomandava: «Pregate anche per me!».

A quarant'anni, trovò infatti lavoro in Italia, per prendersi cura degli ultimi dei novantaquattro bambini della sua vita e la signora che l'assunse non la scelse tanto per le referenze o per le raccomandazioni di chi ne aveva sentito parlare bene e nemmeno per quel che raccontò di sé nel corso dell'unico, piuttosto breve incontro che ebbe con lei: fu merito delle scarpe e della borsetta. Erano nere le sue scarpe o forse blu, con un po' di tacco e il cinturino fermato da un bottoncino. Chi porta delle scarpe così, si disse la signora, deve per forza essere una persona perbene, affettuosa, attenta ai bambini. Non può essere bugiarda né superficiale o inaffidabile. E nemmeno perde tempo ad amoreggiare con camerieri o poliziotti. La borsetta, nera, piccola, con un manico rigido e un fermaglietto dorato sul davanti, che Maria teneva compostamente appoggiata sulle ginocchia, poteva solo confermare il giudizio positivo. Perciò fu assunta e non si badò che fosse protestante o che parlasse un orribile italiano stentato, mai progredito più di tanto nei molti anni trascorsi in Italia.

Era piccola, Maria, tanto che, intorno agli otto, nove anni, tutti quanti i "suoi" bambini la superarono in statura. Era golosa, di dolci soprattutto, per cui tendeva a essere un poco tonda, con suo grande dispiacere; il che, però, non la indusse mai a delle serie, durature restrizioni. Nei primi tempi dopo il suo arrivo in Italia indossava un croccante grembiule bianco, inamidato, sopra una vestaglietta blu, sempre con le scarpe minuscole, da bambina – del numero 35 – che avevano fatto così buona impressione sulla signora, oppure altre, ma assai simili, che comprò per anni nel medesimo negozio, rammaricandosi molto quando il modello uscì di produzione.

Più tardi lasciò da parte la divisa perché – diceva – era ormai troppo antica e in strada tutti la guardavano, e mise solo i suoi soliti vestiti, scuri, a fiori, di quelle stoffe morbide, un po' da strofinaccio per la polvere, che le cadevano molli intorno al corpo, oppure gonne tutte uguali, blu, marrone o grigie, con sopra una camicetta chiara, fermata al collo da un amatissimo angioletto d'argento che un giorno andò perduto, lasciandola sconsolatissima. Ma non avendo santi ai quali raccomandarsi, come, per esempio, sant'Antonio che, in cambio di un'offerta, a volte fa ritrovare le cose perdute, non lo ritrovò mai più.

Aveva tutto piccolo, Maria: una seggiolina pieghevole, per esempio, sulla quale amava sedersi al centro del riquadro di luce che il sole formava sul pavimento della sua stanza; oppure un necessaire per il cucito, con minuscole forbicette e un ditale minimo; berrettini, guantini e borsettine, oltre che certe carte da gioco di una particolare misura extrasmall, poco più grandi di francobolli. Le usava per dei solitari nei quali si impegnava in qualche ora vuota, su un vassoio appoggiato in grembo, nel pomeriggio durante l'obbligatorio sonnellino dei bambini, oppure la sera, quando tutti erano a letto: dalla sua stanza non giungeva allora alcun rumore se non il frusciare delle carte che, a mani aperte, mescolava, senza raccoglierle, direttamente sul vassoio.

Naturalmente era assai spartana, Maria e, venendo dal Nord, in Italia non aveva mai freddo, né le importava di dormire in una stanza la cui stufa, per incuria dei padroni di casa, veniva accesa solo quando qualcuno se ne ricordava. Si lavava sempre con acqua fredda, tenendo la finestra spalancata, anche nella brutta stagione; ma pur giurando sulla bontà di quest'abitudine, non osò, tuttavia, imporla ai bambini, immaginando che una famiglia italiana lo avrebbe giudicato un metodo un po' troppo drastico.

Le piacevano i fiori che piacciono ai tedeschi, fiori del Sud che da loro non crescono, oleandri, bougainvillee, gelsomini, lavanda; però anche, e in particolare modo, i ciclamini, di cui teneva sempre in camera una pianta. Per procurarseli, all'inizio dell'autunno si incamminava con una paletta in tasca, per lunghe passeggiate, finché tra i sassi non trovava qualche bella pianta dai petali viola, rosa o quasi bianchi che scavava poi con precauzione, estraendone il bulbo tondo che avvolgeva in carta di giornale inumidita, affinché non soffrisse durante il tragitto di ritorno. Il suo grande trionfo, che non sempre riusciva a cogliere, era quando, l'anno dopo, il ciclamino tornava a fiorire. Ed è possibile che fosse piuttosto per causa sua, per conservarlo vitale e fresco, che di notte dormiva con la finestra aperta, sia che piovesse, nevicasse o tirasse vento.

Assai più incerto era il suo rapporto con gli animali. Gli uccellini li amava teneramente, e ancora di più dal giorno del suo arrivo in Italia, scoprendo che, qui, era uso farli arrosto o tenerli in gabbia. Si appassionava soprattutto agli usignoli e, quando la sera il loro canto si alzava tra le fronde di qualche albero, lei lo ascoltava estasiata, con devozione quasi, dalla finestra aperta della sua stanza, recitando a fior di labbra e senza voce, i versi di Giulietta e Romeo. Amava anche certi insetti colorati come coccinelle e maggiolini, farfalle e libellule, e le api naturalmente, per via del miele di cui andava ghiotta. In cambio, nutriva una fiera avversione per gli animali più grandi; già dei conigli diffidava e per i gatti aveva una antipatia speciale, personale, come fossero uomini o donne che l'avessero imbrogliata in qualche occasione; in realtà, l'ostilità era, probabilmente, dovuta più che altro a una sua inquilina resistente a qualsiasi tentativo di sfratto, i cui numerosi gatti sporcavano pianerottoli e giroscale della casa ereditata dalla nonna, quella sul cui campanello più tardi fece scrivere: Appelbaum. Katzenfrau, la chiamava soltanto, con sorda furia, donna dei gatti, e grazie a quell'appellativo il vero nome della signora è andato perduto molto prima che lasciasse la casa, forse per morte, forse, infine, dopotutto, per sfratto.

Nemmeno nei cani riponeva molta fiducia, chissà, influenzata da certe favole nelle quali i cani sono, un po' come i gatti, astuti e ingannatori, oltre che, a tratti, crudeli. Del resto Maria era letteralmente nutrita di fiabe e delle stesse nutriva i suoi bambini, sera dopo sera. Ne possedeva dei libri pieni, libri della sua infanzia, scritti in antichi, illeggibili caratteri gotici, magnificamente illustrati, e in certe occasioni speciali, un compleanno, un inconsolabile dispiacere o una malattia che costringeva a letto, li concedeva da sfogliare «Con cautela, però!» si raccomandava sempre, perché erano fragili e perché nutriva per essi una passione gelosa.

Dentro a quelle favole, Maria ci sarebbe, del resto, stata perfettamente in carne e ossa: con il suo bel volto saggio e le sue guance sempre leggermente rosee sarebbe potuta essere la nonna di Cappuccetto rosso o la mamma dei sette capretti, la fata buona o la madre povera costretta a mandare via di casa i bambini che non poteva più sfamare. Per il suo buonsenso, per la sua quiete, per quel suo sapere in ogni circostanza come cavarsela, avrebbe benissimo impersonato un provvidenziale personaggio di fiaba, incerto tra sogno e realtà. Per quella sua melanconia, infine, tranquilla e indecifrabile, si poteva pensare che un mistero aleggiasse intorno a lei, del quale, però, non era permesso chiedere.

Tornando al suo diseguale rapporto con gli animali, i cavalli erano assai troppo grandi per lei piccolina, ragion per cui li giudicava i più pericolosi tra tutti, oltre che altezzosi e pieni di sé, preferendo tenersene sempre a rispettosa distanza.

«Non toccate!» comandava, allarmata, lei che non aveva paura di niente, se qualcuno dei bambini allungava la mano per accarezzare i loro musi di velluto. Più indulgenza provava invece per asini, mucche e buoi, forse per la loro pazienza, per il loro destino generalmente più umile, più faticoso di quello dei cavalli, forse perché a lei più familiari in quanto frequentatori più assidui delle fiabe che non i cavalli.

Era, dunque, nata a Strasburgo, Maria, ultima di tre sorelle, nel febbraio del '99 di due secoli fa, una figura ottocentesca, perciò, anche se per qualche mese soltanto. E, in un certo senso, ottocentesca era rimasta, non solo per rigore, onestà e senso del dovere, ma anche per il piacere che le davano le cose antiche, dalle tazze di porcellana, ai mobiletti fragili, al cappotto estivo ereditato da sua nonna – solo i tedeschi d'altri tempi possedevano un cappotto estivo – fino alle collezioni di fotografie della famiglia imperiale. Possedeva infatti un album con bambini di casa Hohenzollern vestiti da soldatini, da cavallerizzi, da marinaretti dei quali sapeva ogni cosa: non per un suo afflato monarchico, tuttavia, bensì per amore dei bambini, anche di quei particolari bambini fortunati. O, invece, sfortunati, come sosteneva lei.

«Questo è il principino Louis» spiegava mostrando un bambinetto biondo dall'espressione mogia «era delicato di polmoni, è stato a letto per tanto tempo, ecco perché è così pallido e triste, povero bambino.» «E questa graziosa qui è sua cugina Anna, che chiamavano Annette. È diventata grassa e brutta da grande e non si è mai sposata.»

«Li conoscevi?» chiedevano i bambini a Maria, incantati da quella familiarità con personaggi tanto illustri, da un pezzo non più su questa terra.

«Ma no. Però, da ragazzo, il principe Louis venne una volta a visitare l'istituto dove andavo a scuola. Solo che, proprio quel giorno, ero rimasta a casa con la febbre. Che sfortuna!»

Maria trascorse l'infanzia e la giovinezza, fino a quando Strasburgo divenne francese, in una grande casa elegante – una villa diremmo oggi – in mezzo a un giardino che discendeva verso un laghetto. Una casa così aveva bisogno di servizio e, infatti, vivevano con la famiglia l'attendente del padre e Caterinetta, un po' domestica, un po' cuoca, un po' tata delle tre bambine, Eva, Nicolina e Maria.

Una casetta delle bambole, realizzata da Caterinetta con l'aiuto dell'attendente, misteriosamente sopravvissuta a due guerre e a vari traslochi, che un giorno Maria si fece arrivare in Italia, riproduceva l'interno di quella mitica residenza di Strasburgo, mostrando le stanze, la cucina, il salotto, lo studio, l'anticamera, la lavanderia, con i mobili in miniatura, con le tende e i cuscini della stessa stoffa dell'originale, con tutta la famiglia raffigurata al completo, il papà ufficiale ancora con entrambe le braccia e la pipa in bocca, la mamma accomodata in poltrona accanto a una finestra, vestita proprio come si vestiva lei, le tre bambine sedute in terra a giocare, l'attendente nell'anticamera e Caterinetta ai fornelli.

Con il tono assorto di chi è sprofondato nei ricordi, perduto in un altro mondo più felice, Maria spiegava: «Ecco, vedete? L'attendente ha il secchio del carbone perché a riempire le stufe pensava lui. Tutto il resto lo faceva Caterinetta perché la mamma non stava tanto bene. Il papà era via oppure leggeva o suonava il piano. Anche al giardino pensava l'attendente e una volta mi portò sulle spalle giù fino al lago, e insieme partimmo per un giro con la nostra barchetta a remi. Solo che a un certo punto venne di corsa Caterinetta gridando che cosa gli era venuto in mente, che doveva essere pazzo ad andare in barca sul lago con una bambina di sei anni».

Molti anni dopo, Maria ormai vecchia, ancora più piccola e da un pezzo ormai tornata nel suo Paese, alcuni dei suoi antichi bambini pensarono di accompagnarla a ritrovare la mitica casa dove era nata, dalla quale era uscita per andare al suo primo lavoro, e che da allora non aveva più rivisto. Cercarono per tutto un giorno, dopo un viaggio lungo durante il quale Maria aveva sempre tenuto in mano una piccola foto raffigurante una bella villa tra gli alberi, perché tranne i suoi ricordi non aveva null'altro, e il vecchio indirizzo tedesco era sepolto ormai da troppo tempo nella francesità del luogo.

«C'era un grande giardino che finiva sulla riva del lago» ripeteva scrutando dal finestrino e scuotendo la testa ogni volta che l'auto si fermava davanti a un edificio vagamente somigliante a quello della foto.

«No, no, non è questa, sono sicura. E neanche questa.» Poi, rassegnandosi a un'eventualità che doveva avere preso in considerazione da un pezzo ma che fino all'ultimo si era rifiutata di accettare, aveva parlato quasi a se stessa: «Forse non c'è più. Forse è stata bombardata durante l'una o l'altra guerra oppure bruciata o anche abbattuta per fare palazzi moderni... Peccato, perché era bella. Ma è passato tanto tempo». E quando la luce cominciò a calare, volle essere lei a decidere, precedendo i suoi accompagnatori: «È inutile, lasciamo stare, vi ho già fatto perdere troppo tempo. Torniamo indietro, adesso». Lo disse con tono fermo, ma non così fermo come avrebbe voluto, come se una volta tanto desiderasse essere disobbedita.

Perciò continuarono a cercare, ma soltanto per prolungare un altro poco l'illusione. E furono premiati perché, all'improvviso, nel crepuscolo che già volgeva al buio, a speranze ormai abbandonate, eccola, infine, la leggendaria casa.

Non c'era più il gran prato che scendeva al laghetto dove Maria, da bambina, andava in barca con l'attendente: il giardino si era riempito di costruzioni e il lago era diventato – o forse era sempre stato – un canale lungo il quale si affacciava il nuovo quartiere. Ma la dimora dell'infanzia era lì, con le finestre illuminate nella sera, uguale alla foto che Maria continuava a stringere, pronta per il riconoscimento. Notò subito che sulla facciata, al posto del balcone, c'era una doppia scalinata che scendeva a terra: «Hanno fatto bene. Anche la mamma avrebbe sempre voluto poter uscire direttamente in giardino dal salotto. Solo che adesso, senza più giardino, dove scendono? In strada, è vero, è comodo, ma non bastava la scala interna? E se ci abitassero adesso due famiglie? Quella del piano terra usa il gran portone sul retro e quella del primo piano la scalinata esterna... O, forse, hanno eliminato la scala interna. Sarebbe un peccato, però, perché aveva una bella balaustra di marmo».

Il suo monologo o, meglio, il sommesso dialogo tra lei e la sua ritrovata casa, durò un pezzo, protraendosi anche nel viaggio di ritorno. Del resto, forse a causa delle sue lunghe stagioni di solitudine, Maria parlava spesso da sola, rivolgendosi a se stessa: quando invano cercava qualcosa oppure non riusciva a infilare un ago, impacchettare un libro, sciogliere un nodo troppo stretto, stirare una camicia difficile, incollare una tazza sbrecciata o trovare il pezzo mancante di un puzzle.

«Che stupida sei» mormorava allora «non sei proprio buona a niente. Stai diventando vecchia. E anche orba!»

Quel parlottare a mezza voce che, ai tempi, tardi la sera, proveniva dalla sua stanza, rassicurava i bambini che dormivano lì accanto dando loro l'idea di non essere abbandonati nella notte; e suggeriva loro che il mondo era ancora in ordine, nonostante le inquietudini che cominciavano a percepire di là della loro solida corazza infantile.

Dal suo paradiso di Strasburgo, con papà e mamma, Eva e Nicolina, Caterinetta e l'attendente, Maria fu strappata, dalla guerra, dalla prima. Seguendo l'esempio delle sorelle maggiori, che ormai lavoravano entrambe in un ospedale, anche lei si era iscritta al corso di puericultura, su al Nord, in una città di mare, dove si era diplomata a quindici anni, giusto in tempo per tornare a casa e salutare il padre che partiva per il fronte. Rimase in casa da sola con Caterinetta e con la mamma, sempre più svanita di giorno e, invece, sveglia di notte a chiamare, a voce alta e disperata, i nomi di parenti e conoscenti, ma anche di perfetti sconosciuti, almeno per Maria.

Invocava vivi e morti, genitori e nonni, le figlie e il marito, e la sua voce spezzava il cuore della notte svegliando Maria di soprassalto, e facendo accorrere svelta Caterinetta che tentava di consolarla nel suo spavento. Dopo un lungo, sommesso bisbigliare, di solito tornava la quiete e la mattina la mamma sembrava non ricordare più quel che era successo di notte. Forse non lo sapeva, forse se ne dimenticava, oppure si vergognava. Ma a Maria la mamma cominciava a fare paura.

Vollero arruolarsi volontari – in marina – anche due cugini amatissimi, di diciassette e quindici anni, con i quali le tre sorelle avevano passato tutte le vacanze estive della loro vita. Respinti a causa della giovane età, decisero ugualmente di raggiungere la flotta, schierata nel mare norvegese, a bordo di una piccola barca a vela. Fecero naufragio non si sa quando, non si sa dove, chissà se appena partiti, alla prima tempesta, quando ancora vedevano le coste tedesche, oppure già in pieno mare; nessuno dei due toccò, comunque, terra, né da vivo né da morto: dispersi i loro corpi, scomparsi per sempre, e neppure il relitto dell'imbarcazione riapparve mai su qualche spiaggia. Da vecchia, Maria, già oltre gli ottanta, ancora li ricordava i suoi amati cugini, dei quali conservava una fotografia scattata poco prima della partenza: due fanciulli delicati e ingialliti dal tempo con addosso – beffa estrema – ormai soltanto l'ombra, a stento distinguibile, di un'uniforme da marinaretti. E con regolarità, raccontava dei leggendari fratelli biondi, dei suoi compagni di giochi, eroi-bambini di un mito antico, annegati insieme mentre cercavano di attraversare lo Skagerak.

Tornò presto il papà dal fronte francese, decorato, ma il braccio destro, dilaniato da una granata, era rimasto al lazzaretto, dove glielo avevano tagliato. Ci mise molto ad arrivare, la pensione, e alle economie di guerra se ne dovettero aggiungere altre, per pagare le medicine e dar da mangiare a tutti quanti, anche se Caterinetta aveva già rinunciato al suo stipendio e l'attendente era stato richiamato ad altro servizio. Quanto alla miseria che guadagnavano le sorelle grandi, Eva e Nicolina, bastava appena a far sopravvivere loro stesse. Quando, infine, il vitalizio giunse, si vide che non sarebbe bastato a mantenere la famiglia: per cui toccò anche a Maria andarsene, perché ci fosse una persona in meno alla quale provvedere: come nelle favole tristi, che conosceva a menadito.

In poco tempo erano diventati così poveri che pensavano tutto il giorno al cibo, il primo desiderio della mattina, l'ultimo prima di addormentarsi. Faceva miracoli con nulla Caterinetta, con il pane nero vecchio, con le prugnette selvatiche e le ortiche del giardino, fino a quando altri affamati non vennero a rubarle di notte.

Rivoltavano i vestiti e i cappotti, loro che prima andavano dalla sarta, e avevano imparato – Caterinetta aveva imparato – a rattoppare perfino i buchi delle scarpe. Risparmiavano sul carbone, lasciando spente le stufe durante il giorno, e accendendo il fuoco solo di sera, con i rami raccolti in giardino, che però erano bagnati oppure bruciavano in un attimo, senza riscaldare, come fossero di carta.

A sedici anni non ancora compiuti, Maria lasciò, perciò, la casa di Strasburgo e, al pari delle sorelle, trovò lavoro nel reparto maternità di un ospedale; ma poiché non erano tanti i bambini che nascevano in quel tempo, dilagavano nel suo reparto i soldati feriti, giovani per lo più, giusto un po' meno di lei, con teste spaccate, gambe o braccia o anche facce che non c'erano più, con bende inzuppate di sangue che inzuppava anche il letto e a volte gocciolava per terra. In testa una cuffia e addosso una divisa lunga fino ai piedi, nella quale, piccola com'era, sembrava annegare, Maria, partita per cullare neonati, si ritrovò a lavare, pulire, disinfettare, fasciare, imboccare uomini fatti o, meglio, quel che restava di loro. Passava di letto in letto su e giù per le corsie e i corridoi, e a quelli che piangevano o gridavano o si lamentavano teneva la mano – se ne avevano una, o sennò una spalla o la fronte – ripetendo i suoni che Caterinetta sussurrava di notte alla mamma, per consolarla dei suoi dolori.

Correva in continuazione, per tutto il giorno e spesso anche la notte; i feriti la chiamavano perché già da ragazza aveva quel tono serenamente fermo che, più tardi, sempre rassicurò i suoi bambini. Per pensare, per commiserarsi, non avanzava tempo. Eppure, quando infine poteva mettersi a letto, non riusciva mai ad addormentarsi senza essere, prima, trafitta, almeno un attimo, dallo sgomento, dall'incredulità per come la sua vita era cambiata nel giro di così breve tempo, tanto che, presto, i dolci anni dell'infanzia le apparvero irreali, mai esistiti, soltanto sognati o immaginati.

La fine della guerra la trovò senza più casa. Profuga era ormai la sua famiglia, assieme a innumerevoli altre che, non volendo diventare francesi, abbandonarono Strasburgo e l'Alsazia. Nelle sue amate stanze, nel salotto, in cucina e nelle camere da letto ormai vivevano altri, usando anche quei mobili che, nella fretta, i suoi non erano riusciti a portare via, begli antichi mobili tedeschi che parlavano di solidità e sicurezza, pezzi tramandati da generazioni in famiglia. Si sistemarono in casa della nonna in riva a un altro lago, in tre stanze, alla bell'e meglio, assieme all'anziana mamma della mamma, sotto il tetto, perché i piani inferiori erano stipati di profughi.

Sebbene lì fosse tutto diverso, più piccolo, più brutto e più misero, il lago riusciva, però, a dare a Maria la sensazione che una parte della vecchia vita l'avesse seguita nella nuova. In più, ben nascosta in cantina, c'era la copia, in misure da bambole, della casa perduta che, nel trasloco, qualcuno aveva deciso di portare via, probabilmente sacrificando altri pezzi assai più preziosi. E benché nessuno scendesse mai a vederla, c'era però la consolazione che, sia pure in miniatura, sopravvivesse là sotto almeno l'ombra dell'amata dimora.

Il dopoguerra le riservò, tuttavia, un'altra brutta sorpresa. Dopo quasi cinque anni di conflitto le casse del

Paese erano così vuote, che perfino gli ospedali erano rimasti senza soldi, e numerose furono le puericultrici licenziate; tra esse Maria che si ritrovò, a poco più di vent'anni, disoccupata, povera, con un materasso steso per lei a terra nella stanza della nonna e l'impressione di rubare ai suoi il cibo. E probabilmente, nel caso di Caterinetta, era davvero così, pronta com'era a sacrificarsi per le "sue bambine", la più piccola in particolare.

Invano scrisse a ospedali e cliniche, a collegi e orfanotrofi per chiedere la carità di un posto. Invano mise in ogni busta – sperando di ben impressionare con la sua aria professionale – una sua fotografia con indosso la bianca uniforme ospedaliera, la cuffia in testa e il gran grembiule nel quale ancora annegava, poiché all'incirca a quindici anni aveva smesso di crescere. Invano chiese a parenti e conoscenti – amici non aveva mai avuto il tempo né il modo di farsene – se qualcuno avesse bisogno di una bambinaia. Provò a offrirsi anche come guardarobiera oppure come donna delle pulizie, ma quando andava a presentarsi e la vedevano così piccolina, si mostravano esitanti.

«Ha già esperienza in questo campo?»

«Veramente no. Però ho lavorato cinque anni in un ospedale.»

«Non abbiamo bisogno di infermiere.»

«Sono puericultrice diplomata...»

«Noi però cercavamo una stiratrice.»

«Stiro sempre le mie cose...»

«E le camicie da uomo? E di cucinare è capace?»

«Piccole cose, le pappe dei bambini. Ma posso imparare...»

«Signorina, ci dispiace, non fa per noi.»

Rispose anche alle rare inserzioni che comparivano sui giornali, spiegando in bella, accurata scrittura tutto quello che sapeva fare. La prima volta la lettera fu restituita al mittente, contrassegnata da un numero, e con due righe di rifiuto. A lungo Maria si era scervellata per capire il significato di quel 127 segnato in alto, a matita, e infine aveva capito che la sua domanda d'impiego doveva essere stata la centoventisettesima. Centoventisei aspiranti bambinaie si erano fatte vive prima di lei sperando di venire assunte (e chissà quante ancora dopo di lei).

Fu la constatazione che in Germania nessuno aveva bisogno di una piccola bambinaia ventenne dall'aspetto di una quindicenne, sia pure preparata, sia pure scrupolosa, seria, onesta, amante dei bambini, resistente al freddo e alle malattie e pronta ad adattarsi a qualsiasi ambiente, a convincerla ad accettare l'offerta di una famiglia olandese con quattro figli e una mamma malata, incapace di occuparsi di loro, in cambio di uno stipendio così basso che lì per lì le era venuto da piangere. Però, avrebbe avuto da mangiare a da dormire, perciò partì con una grande valigia, quasi vuota perché si può dire che non possedeva quasi più nulla.

Giunse in uno sperduto paesino della campagna olandese, e scoprì che il suo datore di lavoro era l'austero e rigoroso pastore della chiesa locale, così austero e rigoroso che più di una volta le passò poi per la mente che, forse, sua moglie si era rifugiata nella perenne emicrania per sfuggire, in qualche modo, al ferreo governo casalingo del marito.

Maria imparò l'olandese, per prime le preghiere che si recitavano insieme quattro volte al giorno, e si abituò a cenare alle cinque del pomeriggio con una tazza di caffelatte e un po' di pane. I bambini erano buoni, per fortuna, perché doveva occuparsi anche della casa, della biancheria e delle pulizie. Lì, purtroppo, non c'era una Caterinetta; o, meglio, c'era, ma era lei stessa, solo più mingherlina, più giovane e assai meno sapiente e forte di quella vera. Lavorava, dunque, senza posa, sempre trattata dal pastore con un certo sospetto, se non proprio durezza, probabilmente a causa della sua giovane età, che gli suggeriva di doverla educare, di doverle badare come fosse la quinta figlia. Ma non fu facile soprattutto perché in quattro anni non tornò alla casa sul lago neppure una volta, neppure a Natale, perché il viaggio costava troppo e perché, Natale o Pasqua, i bambini del pastore c'erano sempre come c'erano i vestiti da lavare e le stanze da pulire.

Scriveva ai suoi, questo sì, cartoline spensierate alla mamma, formali letterine al papà e lunghe lettere in cui raccontava la sua vera vita a Caterinetta. Capitava che Maria cominciasse a fare errori in tedesco, abituata com'era all'olandese; e quando gliene sfuggiva uno, suo padre le rimandava indietro la lettera segnata con la matita rossa e un commento severo.

«Vergogna!» o, anche: «Per questo ti abbiamo mandata a scuola tanti anni?» E per castigo, qualche volta le assegnava da leggere un gran numero di pagine di Schiller, Goethe, Kleist o Heine, che avrebbero dovuto riconfermarla nell'uso del buon tedesco. Pagine che a volte Maria, obbediente, si avviava a leggere, ma che, per lo più, abbandonava prima della fine, perché le si chiudevano gli occhi per la stanchezza. Salvo quelle di Heine, al quale si affezionò.

Si decise ad andarsene dalla casa del pastore solo il giorno in cui il padrone annunciò: «Gentile signorina Maria, i ragazzi stanno crescendo e abbiamo tante spese per loro...».

«Sì.»

«I vestiti, le scarpe, i libri...»

«Sì.»

«E poi tutto è diventato più caro...»

«È vero, i prezzi sono saliti ancora.»

«La carne, il latte, il formaggio.»

«Sì.»

«Ed è aumentato anche il costo dell'elettricità. Per non parlare di quello della legna da ardere.»

«Sì.»

«Come se non bastasse ci sono le tasse.»

Maria non seppe che altro dire e ci fu silenzio. Sentiva che il pastore aspettava qualcosa da lei. Ma non sapeva cosa. Le stava forse chiedendo un prestito? O era un modo per invitarla ad andarsene? Aspettò.

Parlò il pastore: «Dovremmo perciò, chiederle, cara signorina Maria, di accettare uno stipendio un poco più modesto. Vede, lei qui ha una casa calda e accogliente, tre pasti al giorno e nessuna spesa. Ha anche la sua uniforme perciò vestiti non ne consuma. Abbiamo valutato, con mia moglie, che rinunciare a una parte dei soldi che riceve da noi non dovrebbe essere un sacrificio troppo grande...».

«Ci devo pensare.»

«Grazie.»

E Maria pensò alle sue scarpe rotte e a quelle nuove per le quali stava risparmiando da mesi, all'uniforme lisa, ai regali di Natale che, quest'anno, per la prima volta, sarebbe forse riuscita a mandare a casa, allo stipendio rimasto uguale dall'inizio. Pensò alle sue dodici, tredici o quattordici ore di lavoro giornaliere, alle domeniche che, preghiere a parte, trascorrevano allo stesso modo degli altri giorni, alle vacanze che non aveva mai avuto, e prese la sua decisione, benché ai bambini fosse affezionata. Da quando aveva spiegato le ragioni per le quali non poteva accettare di guadagnare ancora meno, il pastore non le aveva più rivolto la parola, salvo proibirle di informare i figli della sua partenza e costringerla a lasciare la casa di notte, di nascosto, come una ladra o una ragazza disonorata.

Tornò indietro, povera quasi come quando era partita, ma non rimase a lungo a casa, perché stavolta trovò quasi subito un nuovo posto presso lontani conoscenti della nonna. Altri bambini, tre abbastanza grandicelli, in una piccola città della Sassonia, due dei quali sordomuti. Ma né con loro né con gli altri suoi oltre novanta bambini ebbe mai difficoltà; si sentivano al riparo con lei, rassicurati dalla sua bassa statura, dalla sua severa faccia infantile, dai quieti occhi profondi e dalle piccole mani morbide e un po' maldestre, come le loro.

Prendendo in braccio tutti quei bambini, a volte Maria pensava a sé, quando ne avrebbe avuto uno suo, o anche più d'uno. E cercava di immaginarsi sposata, con un marito, dei figli e una casa, anche se non sapeva come si sarebbe potuto realizzare tutto ciò, visto che il lavoro le offriva poche occasioni di conoscere uomini che non fossero i suoi padroni, per forza di cose sposati. E se qualche rara volta compariva uno scapolo, fratello, cognato, o amico di famiglia, di solito non s'interessava a lei e la degnava appena di uno sguardo, perché era solo la bambinaia, così piccolina per di più, nascosta dietro a grembiuli e cuffie che la facevano somigliare a una suora. Del resto, un po' come una suora si muoveva e parlava, composta e modesta. Quanto a civetterie femminili, a vezzi e provocazioni, se anche avesse voluto, Maria non avrebbe saputo nemmeno da che parte cominciare.

Percorse in quegli anni in lungo e in largo la Germania, visse in decine di case, con decine di famiglie e innumerevoli bambini, sempre nuovi, sempre diversi. Si sistemò in città e campagna, in piccoli paesi o in ampi borghi, in dimore signorili e in appartamenti modesti. Ogni volta doveva ricominciare da capo ad abituarsi, ambientarsi e, possibilmente, affezionarsi, imparando che ogni famiglia ha le sue abitudini e, quasi sempre, le considera le uniche giuste e ammissibili. Spesso tentò di insegnare usi, raccontare favole o proporre ricette di cucina imparate altrove, ma raramente ebbe successo, almeno presso i genitori; meglio in genere andò con i bambini, attratti dalle novità introdotte – più o meno clandestinamente – da Maria.

Via via che le stagioni passavano e lei, pur rimanendo piccola, si faceva grande, venticinque e poi ventotto e poi trenta e trentacinque anni, senza che, nonostante i continui cambiamenti, nulla della sua vita davvero cambiasse, Maria si rassegnò al fatto che, per una qualche ragione, così doveva essere. Eventualmente s'interrogava sul mistero che aveva voluto lei e le sue sorelle, non brutte, brave in casa, ragionevoli, di buone letture e buone maniere, pure tutte e tre zitelle. Sarà stato per la timidezza, per la riservatezza che impediva loro di farsi avanti, di imporsi in qualche modo, per non avere idea di come avviare quelle chiacchiere leggere con le quali le ragazze intrattengono gli uomini, per non saper rispondere con il dovuto garbo a un corteggiamento? O sarà stato a causa della vita difficile, del lavoro che non favoriva gli incontri, oppure della povertà che confondeva le idee agli eventuali pretendenti, escludendo quelli che per ambiente ed educazione sarebbero stati adeguati?

Maria non sapeva, né poteva discuterne con qualcuno; impensabile, per distanza, per vergogna, confidarsi con i genitori, difficile affrontare la questione anche con Caterinetta, non solo perché le sarebbe sembrato di gettarle un altro peso sulla schiena già piegata dalle tante fatiche, ma soprattutto perché anche a lei era toccata la stessa sorte di loro tre. Forse avrebbe osato parlarne con le sorelle, ma erano lontane, e troppo rare e brevi le occasioni d'incontro.

Poi cominciarono gli anni brutti. *Die schlechten Jahre*, come, più tardi, sempre disse Maria. Così brutti da farle rimpiangere perfino i tempi difficili dell'emigrazione e della miseria più acuta. Anni in cui la gente si osservava con sospetto, in cui tutti avevano paura di tutti, in cui gli alunni non potevano fidarsi dei professori né i genitori dei figli, e viceversa; anni nei quali Maria imparò a parlare ancora meno di prima, a osservare senza commentare, a tenere per sé i suoi pensieri, sperando di poter proteggere così se stessa e i suoi.

Lasciò una famiglia perché non le piacevano i discorsi che sentiva fare a tavola, sulla necessità che qualcuno facesse infine pulizia nel Paese, e se ne trovò un'altra. Ma poiché nella lettera di presentazione non era previsto che una bambinaia parlasse di politica, doveva affidarsi all'istinto per capire in che ambiente sarebbe capitata. E, visto che si erano fatti cauti tutti quanti, potevano passare anche mesi prima che riuscisse a rendersi conto del modo in cui la pensavano i suoi nuovi padroni.

Le notizie che, di sfuggita, riusciva a cogliere dai giornali, unite alle storie che sentiva sussurrare intorno, non la lasciavano in pace. E benché giungessero regolari da casa – diventata ormai, dopo la morte della nonna, la loro casa – le concise missive di suo padre e le più dettagliate lettere di Caterinetta, dalle quali trasparivano soltanto le solite preoccupazioni per la salute della mamma, sempre più persa nei suoi incubi notturni, sempre più confusa nei suoi discorsi diurni, da un giorno all'altro Maria si aspettava che succedesse qualcosa.

Poi, in effetti, qualcosa di oscuro successe, non a casa sua bensì lì dove lavorava, rammentandole – cosa che non le era mai parso di interesse alcuno – che, per via della mamma, era per metà ebrea, come lo erano Eva e Nicolina. Una domenica mattina, al tavolo della prima colazione, il papà dei tre ragazzi che accudiva all'epoca, commentando la vicenda di una famiglia ebrea scacciata dalla propria casa, disse, un po' soprapensiero, rivolto a nessuno in particolare: «Quei poveri diavoli mi fanno pena».

«Chi ti fa pena?» volle sapere il figlio maggiore.

«Gli ebrei.»

«E perché?»

«Perché sono brutti tempi per loro» scandì di malavoglia il padre, sprofondando poi nel silenzio, senza più badare alle domande del ragazzo. Due settimane dopo, verso sera, bussò la polizia e, in mezzo all'incredula costernazione dei presenti, si portò via il padrone di casa che, prima di raggiungere gli uomini in uniforme in attesa fuori dalla porta, si rivolse alla famiglia riunita, guardando però, così sembrò a Maria, proprio nella sua direzione: «A chi di voi devo questo?».

Rimasero in silenzio tutti, tranne il figlio maggiore, che scoppiò in un pianto inconsolabile. Faticosamente, tra i singhiozzi, raccontò di come a scuola l'insegnante li avesse interrogati su cosa i genitori pensassero della situazione del Paese, e di come a lui non era parso vero di poter mettere in luce il buon cuore di suo padre: «Il mio papà dice che gli ebrei gli fanno pena!».

Solo questo aveva detto e nient'altro perché a tredici anni di politica non si sa niente e questa non era nemmeno politica, ma soltanto una frase, una piccola frase che avrebbe dovuto meritargli una lode per il suo generoso papà e forse anche per lui che l'aveva ascoltata e riferita esattamente come l'aveva sentita, senza tralasciare ma anche senza aggiungere nulla.

Toccò a Maria consolare il ragazzo perché la mamma, terrorizzata dall'arresto del marito, non era in condizione di trovare le parole. Gli parlò a lungo, e poi rimase silenziosa accanto al suo letto aspettando il sonno. E continuò a parlargli l'indomani e fino a quando, dopo un mese di prigione, il papà non ritornò a casa, dimagrito, invecchiato, impaurito: forse anche bastonato, pensò Maria. Più tardi, molto più tardi, si convinse che, forse, il pover'uomo era stato perfino fortunato, essendo stato liberato dopo un mese soltanto.

Poi ancora una famiglia dopo l'altra, una casa dopo l'altra, ai quattro angoli del Paese. E, come lei, Eva e Nicolina, sempre in giro per la Germania, pedine in movimento irregolare, ferme per un po' nello stesso luogo, poi di nuovo instancabili, con destinazioni sempre nuove. Qualche volta i loro bizzarri itinerari si sfioravano, qualche volta perfino s'incrociavano. E capitò anche che due di loro – Nicolina e Maria – per caso si trovassero a lavorare insieme nella stessa città, in due quartieri neppure tanto distanti, però seppero l'una dell'altra soltanto quando entrambe già se n'erano andate altrove, perché tanto spesso non si scrivevano e perché la posta non viaggiava più regolarmente come un tempo.

Era la guerra che veniva, di nuovo la guerra, e la prima avvisaglia che Maria colse fu proprio il cattivo funzionamento della posta. Cominciò a parlare da sola a quel tempo, rivolta a se stessa, interrogandosi, più spesso rimproverandosi, per riempire il silenzio e la solitudine nella quale stava immersa, per tacitare le inquietudini. A forza di intrattenersi soltanto con i bambini e di stare invece ben zitta con gli adulti, di non rivelare a nessuno – per timidezza, per discrezione ma, ultimamente, anche per cautela – i propri pensieri, aveva preso l'abitudine di commentare tra sé questo e quell'altro mentre riordinava le sue cose, mentre lavava, stirava, cucinava, sommesso borbottio che accompagnava il suo muoversi indaffarato per casa, specialmente quando i bambini erano a scuola oppure a letto. E chi per caso la sentiva, magari si diceva: «Già parla da sola? Eppure è ancora abbastanza giovane».

Dopo il malfunzionamento della posta, l'altra cosa che portò la guerra fu la fame. Di nuovo la fame, saltuaria e sopportabile all'inizio, una forma, quasi, di sana frugalità, che, però, man mano, si trasformò in patimento, in passione e ossessione. I negozi cominciarono a vuotarsi: dapprincipio sparì la carne, seguita da uova, formaggio, burro, zucchero, farina e latte. Frutta e verdura, fatta eccezione per certe melette ammaccate e fibrose, occasionalmente per certe prugne troppo molli oppure, invece, dure come pietre, e per cavoli e patate, si erano fatte rare ancora prima della carne. Non restava, dunque, che mangiare minestre e ancora minestre, di patate, appunto, o di cavolo, di pane vecchio, qualche volta di cipolle; e certe orribili scatolette da cui uscivano pomodori acquosi, fagioli lividi o marmellate di frutta indefinibile, scure, collose e senza ombra di zucchero.

Fame anche per Maria, perché i pochi buoni bocconi che ogni tanto si riuscivano a scovare dai contadini, giustamente toccavano prima ai bambini, poi ai genitori e anche ai nonni se c'erano, e solo da ultimo alle bambinaie. E a quel punto, in genere, non era avanzato niente, per cui succedeva che si facessero sempre più magre e pallide, e scolorite in faccia.

Con la fame venne anche la paura e non una sola, ma almeno due o tre. Quella delle bombe, prima di tutto, la più immediata e violenta, risvegliata dall'orribile, lamentoso sibilo della sirena d'allarme, che costringeva, in qualsiasi ora, a buttarsi giù per le scale, dando affannosi ordini ai bambini – sveglia, in fretta, prendete la coperta, no, non c'è tempo per cercare l'orsacchiotto, dobbiamo andare, andare veloci – tentando, insieme, di tenerli tranquilli, di far loro sembrare normale quel precipitarsi di notte giù per le scale, e scendere nel rifugio, che qualche volta era soltanto una cantina, con il terrore sempre di finire sotto le macerie, sepolti al buio, intrappolati e dimenticati.

C'era poi la paura della famiglia: per il padre dei bambini, per uno zio, per un fratello maggiore arruolati. Paura che pesava costante in casa, per giorni, come un odore diffuso nell'ambiente, e non c'era corrente d'aria che riuscisse a portarselo via. E Maria, naturalmente, non poteva fare a meno di respirarlo, a sua volta, quell'odore. I silenzi della mamma dei "suoi" bambini, la faccia buia, l'angoscia, i pianti sommessi, era impossibile sentirli estranei, cose che non la riguardassero, perché alteravano i rapporti, rendendoli quasi sempre più difficili e solo qualche volta più stretti e più facili.

E c'era la paura sua personale, tenuta a bada, soffocata, innominabile, per quell'essere lei mezza ebrea, macchia che da un giorno all'altro le era parsa diventata visibile a tutti, tanto che non serviva a proteggerla il suo nome niente affatto ebreo, perché gli occhi erano neri e neri i capelli e d'estate, con il sole, bastava poco perché anche la faccia e le braccia si scurissero. Né la rassicurava il fatto che in una sinagoga non aveva mai messo piede, in quanto era cristiana evangelica come tutti gli altri bravi tedeschi. Perciò custodiva il suo segreto come se da un giorno all'altro fosse diventata una vergogna ciò che a nessuno, meno che meno a lei, prima di allora era sembrato degno di una qualche attenzione. Semmai era sempre stata fiera del suo antenato cambiavalute – capostipite che portava nel nome la nuova vergogna – e della sua laboriosa e colta discendenza.

Pur passando la maggioranza del tempo sempre e solo con i bambini, ormai anche Maria sapeva che gli ebrei venivano caricati a forza sui treni.

C'era infine la paura maggiore – erano quattro, dunque, in tutto, le paure – che di notte la teneva sveglia e di giorno la distraeva dal lavoro, inducendola a dimenticarsi, qualche volta, dei suoi compiti, assorta, con la mente lontana, a casa sua. Paura per la mamma che, qualche mese prima, nel corso della sua ultima visita, dopo un avventuroso viaggio a bordo di treni all'improvviso fermi in piena campagna per un allarme aereo che costringeva i passeggeri a precipitarsi giù dalle carrozze con i loro fagotti e a buttarsi nei fossi, le era parsa più irrequieta e perduta che mai, tanto che neppure la tranquilla sicurezza di Caterinetta riusciva più a calmarla.

Poco dopo era arrivata una lettera del papà che, sia pure formale e scarna come al solito, non riusciva a nascondere l'ansia per la malata, ricoverata infine in una casa di cura perché in famiglia, senza l'assistenza costante di un medico, non era più stato possibile accudirla. La descrizione del luogo scelto per la mamma avrebbe dovuto essere rassicurante ("È un istituto molto pulito, con pochi malati ben tenuti, cibo a sufficienza e personale esperto e di maniere piuttosto cortesi" aveva meticolosamente spiegato il papà), però Maria se n'era sentita stringere il cuore.

Non aveva mai avuto rapporti molto affettuosi con sua madre, perennemente stanca e nervosa, quando non infastidita dal chiasso delle bambine, e al suo posto aveva sempre trovato, senza peraltro dolersene troppo, la sorridente, paziente, amata Caterinetta. Ma il pensiero della mamma, con la sua tragica infelicità, con il suo sguardo infinitamente sconsolato, le mani segnate dal reticolo delle grosse vene blu, le caviglie gonfie e i piedi maldestri e deformati tanto che era difficile distinguere il destro dal sinistro, ecco, il pensiero di lei chiusa in una stanza tra gente che non conosceva, lontana da casa e dai volti fidati, smarrita, alterata, le era insopportabile.

Conosceva abbastanza ospedali e case di cura per potersi immaginare cosa sarebbe successo se di notte la mamma avesse, come al solito, chiamato: «Caterinetta, vieni, presto, dove sei, aiutami!». Per molto tempo non sarebbe venuto nessuno e poi l'una o l'altra paziente, da un letto vicino, avrebbe cominciato a fare «Sssst!» e poi «Sta' zitta», «Basta!», «Vogliamo dormire!» o magari qualche altra avrebbe, a sua volta, dato sfogo alle proprie angosce notturne unendo le sue invocazioni a quelle della mamma. Solo allora sarebbe accorsa l'infermiera del turno di notte che, risvegliata dal chiasso e ancora mezzo svestita e con la cuffia di traverso sulla testa, in mezzo alla corsia avrebbe comandato: «Silenzio!» apostrofando poi con voce sgarbata le pazienti, naturalmente la mamma in particolare che con le sue grida aveva scatenato il putiferio. Eventualmente, l'avrebbe presa per un braccio e strattonata e, siccome in questo modo avrebbe ulteriormente peggiorato la situazione, sarebbe passata a metodi più decisi, a un'iniezione calmante, cioè, a causa della quale per tutto il giorno e la notte seguenti la mamma sarebbe stata quieta, silenziosa, con lo sguardo perduto e con la mente annebbiata, del tutto incapace di apprezzar la pulizia, il cibo scelto e il personale esperto del sanatorio.

Di giorno in giorno Maria si ripprometteva di andarla a trovare; sì, ci sarebbe andata presto, a tutti i costi, nonostante la difficoltà dei viaggi e l'intermittenza dei treni. E per riuscire, la notte, ad addormentarsi, doveva ogni volta rinnovare fermamente il suo proposito.

Tanto più doveva andarla a trovare la mamma, perché nel frattempo le sorelle si erano trasferite in Italia, in una cittadina nelle Alpi, dove avevano aperto una caffetteria, e su di loro non poteva più contare. Della loro inaspettata decisione le era giunta notizia quando avevano già preso in affitto il locale, loro due, Eva e Nicolina, l'una perennemente ansiosa, incapace di stare ferma un momento, un po' come la mamma, l'altra fragile come un uccellino dopo un inverno gelido, trasformate da bambinaie in locandiere. Maria immaginò che fosse stata la paura a spingerle a cambiare Paese e mestiere, forse più pessimiste di lei, o solo più realiste. Un poco si dispiacque che a lei non avessero pensato, loro due insieme all'estero, senza curarsi di avvisare la terza sorella, lasciata, in un certo senso, al suo destino. Eppure avrebbe potuto essere anche lei una brava cameriera, in grado di servire caffè e tè con il grembiule e la crestina. Ma anche in passato erano sempre state unite loro due, nei giochi, negli studi, nelle chiacchiere segrete, nate a poca distanza l'una dall'altra, mentre Maria era venuta solo tre anni dopo Nicolina. Per tutta l'infanzia – ma anche più tardi – erano sempre state "le due grandi" e "la piccolina", non nemiche, tranne quando loro due pretendevano di sapere meglio ogni cosa, però un poco separate sì e, alla fine, spesso, quasi estranee.

Avevano deciso di cambiare vita, Eva e Nicolina, non soltanto per paura, la stessa paura di Maria, ma anche perché pensavano di riuscire a vivere meglio nella cittadina turistica, un po' dimenticata dalla guerra, che non nel loro Paese affamato. Poiché i risparmi non bastavano si erano rivolte per un prestito a una eccentrica cugina benestante che si era entusiasmata del progetto tanto da partire insieme a loro, con il risultato che fu poi sempre lei a stabilire cosa andava fatto nel locale ed Eva e Nicolina, più che altro sue dipendenti, a lavorare dall'alba fino a notte.

Di conseguenza, ci furono presto degli scontenti in caffetteria, piccoli dissidi ma, a volte, anche un po' più grandi, con mutismi reciproci e ombre di rancore, sebbene sempre tutto con cortesia, senza parole aspre o velenose. E di nuovo la formazione fu quella solita: da una parte insieme Nicolina ed Eva, e dall'altra la cugina Fanny, e già il nome, così era sempre sembrato a Maria, denotava un certo stile distinto, un tono diverso, di chi conosce il mondo e viaggia in seconda classe e non in terza come avevano sempre viaggiato loro. Niente a che vedere, comunque, quel raffinato Fanny, con i nomi casalinghi, senza speciali attrattive, che facevano pensare a pane nero e a minestre calde, di loro tre.

Dopo, però, non molto tempo dopo, non importò più niente dei nomi, né di Fanny né di Eva e Nicolina, perché, comunque si chiamassero, nessuna era dotata di spirito commerciale. Non le due antiche bambinaie, ma nemmeno la strampalata cugina dalle buone disponibilità economiche. Perciò, gran fortuna non la fecero mai.

Il segreto del successo consisteva, secondo loro, in prodotti di ottima qualità offerti a basso prezzo. E, infatti, i clienti vennero e apprezzarono, tanto che il locale sempre pieno dava loro l'impressione di essere felicemente riuscite nella loro impresa.

Solo che l'ottima qualità, del cioccolato, del caffè, dei pasticcini – fatti con vero burro e vere uova – costava un occhio al mercato nero e, quando vollero correre ai ripari, prima tentando di alzare i prezzi e rassegnandosi poi ad abbassare la qualità, il locale non fu mai più così pieno, e vivacchiò, più male che bene. Con il risultato che le sorelle non si sollevarono mai dalle loro antiche ristrettezze, mentre Fanny, che, nonostante la scarsità dei proventi dell'esercizio commerciale, continuava a spendere largamente in cento modi, per tovaglie di vero pizzo o per stoviglie di fine porcellana, cominciò a conoscerne, per la prima volta, di ristrettezze sue.

Vennero, nel corso degli anni, momenti così difficili che Eva e Nicolina avrebbero potuto ricordare con nostalgia i loro trascorsi da bambinaie in giro per la Germania. Invece non rimpiansero mai nulla, perché erano libere – dicevano – in grado tutti i giorni di decidere della loro vita, mentre prima erano sempre dovute dipendere da qualcuno: «Faccia questo», «Serve quello», «Vada qui», «Vada là», «Scenda», «Esca», «Torni indietro», «Stia attenta». Ovunque c'era stato chi dava ordini, chi decideva, chi rimproverava, a volte anche con male parole: «Stupida ragazza!», «Dove ha la testa?» oppure «Stia zitta» e «Vada al diavolo!». Ora, invece, erano padrone dei loro giorni, almeno in teoria, perché poi finiva che era tutto un affannoso faticare, spesso fino a notte fonda, a pulire, ad apparecchiare, a cucinare e, naturalmente, anche a fare, in qualche modo, di conto.

Non si sposarono mai, né Eva né Nicolina, nonostante il viso grazioso di quest'ultima, simile a una miniatura, segnato da eleganti sopracciglia scure, perfettamente disegnate ad arco, da profondi occhi grigi e da belle labbra che sembravano pitturate di rosso e invece erano così di natura. E neppure mai si fidanzarono, per quel che ne seppe Maria. Certo, una delle rare volte in cui si erano incontrate, aveva sentito per un momento tremare l'aria quando Nicolina aveva nominato – solo nominato, con nome e cognome, ma in modo tale che, nel silenzio qualcosa aveva vibrato – un certo signore, forse un dottore, un avvocato o un notaio, non ricordava più. Aveva avuto l'impressione, Maria, che lo avesse chiamato in causa per il solo piacere di pronunciarne il nome, come per rendere più vero e più concreto quel che forse era soltanto un'idea, un desiderio, un sogno vago: vero motivo non c'era stato, infatti, nella conversazione per accennare a quel signore.

Di più non ci fu o, meglio, di più non si seppe. L'aria non tremò più, non almeno in presenza di Maria. Quanto a Eva, in quel periodo, e probabilmente non era mai successo prima, si allontanò da Nicolina – non più sempre loro due insieme e tutti gli altri sulla riva opposta – e si legò alla cugina, con la stessa intensità con la quale prima era stata legata alla sorella. Più tardi, passato il tempo del dottore – o dell'avvocato – non fu perciò facile ritrovare l'antico equilibrio e, in un certo modo, la coppia si trasformò in trio, instabile però, nel senso che Eva di volta in volta leggermente cambiava posizione, ora un po' più vicina a Nicolina, ora invece a Fanny. Alla fine fu la vita – o, meglio, la morte – a decidere definitivamente le posizioni. Ad uscire dal trio anzitempo – per lunga malattia – fu la sorella più giovane e più graziosa, la delicata Nicolina, lasciando alleate strette e inseparabili le due cugine.

Prima, però, ci furono due avvenimenti che cancellarono gli altri, per molto tempo. Il primo fu che scomparve la mamma. Scomparve letteralmente, nel senso che non ci fu più modo di avere notizie di lei. All'improvviso la direttrice del sanatorio cessò di rispondere alla settimanale lettera del papà che chiedeva notizie della sua malata, tanto che, in capo a un mese di silenzio, egli si mise in viaggio per rendersi conto di persona, trovando, però, l'istituto chiuso, l'ingresso e le finestre sbarrate e, quel che più lo colpì, il giardino già con i primi segni dell'abbandono. Andò, dunque, per uffici e amministrazioni, per giorni e settimane, ottenendo sempre solo parole vaghe: «Non sappiamo», «Quell'istituto non dipende da noi», «Non ci risulta che ci fossero dei pazienti», «Sono tempi confusi, questi...».

Cercò con ogni mezzo, telegrafò e scrisse, ricorrendo, in nome della sua medaglia, anche a certi anziani generali. La mamma sembrava essersi perduta nel disordine della guerra come un piccolo oggetto da nulla, dimenticato da qualche parte, scivolato, caduto oppure spostato e poi scomparso in mezzo al caos, senza lasciare traccia. Nel suo smarrimento il papà, così poco adatto a risolvere i problemi pratici, abituato com'era, da più di vent'anni, soprattutto a leggere, a studiare e ascoltare musica, si consultò con Caterinetta, che era andata regolarmente a far visita al sanatorio, nella speranza che ricordasse il nome di qualche altro malato.

«Sì, la vicina di letto si chiamava Bettina, signora Bettina sentivo che la chiamavano le infermiere, ma altro non so. E poi c'era una certa Anna nella stanza accanto, che mi riconosceva e mi salutava quando arrivavo, anziana, con i capelli quasi tutti bianchi, trattenuti da una retina, però ricordo solo Anna, l'Anna, o signorina Anna, senza cognome.»

«Ma settanta persone non possono sparire nel nulla da un giorno all'altro. Nemmeno in tempo di guerra.»

«Saranno state mandate in un luogo più sicuro, magari all'estero, in Svizzera, in Svezia...»

Convinto che, assieme alla loro malata, fossero spariti anche altri pazienti, e che ci doveva, perciò, essere un gran numero di parenti in cerca, come loro, il papà tentò di rintracciarne qualcuno con un annuncio sul giornale. E a questo punto ci fu chi si mise in contatto con lui, non però i familiari di un paziente bensì un certo dottore con firma illeggibile in calce a un modulo ufficiale, dal quale si poteva desumere che la signora A. coniugata R., assieme a tutti gli altri degenti con gravi disturbi nervosi, era stata trasferita in un luogo più adatto alle loro condizioni, la cui ubicazione doveva essere tenuta segreta per motivi di sicurezza.

Si tranquillizzò, dunque, almeno un poco, il capitano. Caterinetta tuttavia, assai meno, forse perché usciva regolarmente di casa, per la spesa, per la chiesa o per il dottore e le succedeva, dunque, di scambiare chiacchiere con la gente, ascoltando, peraltro da tempo, certe dicerie terribili, alle quali si era imposta di non dare troppo retta, su quel che succedeva a chi, all'improvviso, spariva dalla circolazione.

Di tutto ciò Maria a lungo non seppe niente perché il papà aveva voluto attendere notizie certe prima di informare le figlie. Quando la notizia la raggiunse, era appena approdata in Svizzera, dopo aver affrontato uno dei peggiori viaggi della sua vita, inframmezzato da notti e giorni passati nelle stazioni gremite di gente, in lunghissima attesa di treni che arrivavano già strapieni e sui quali, a volte, nonostante le sgomitate furibonde in mezzo alla folla, non si riusciva a salire. Era, dunque, da pochi giorni nella nuova famiglia, quando arrivò la lettera del papà e, in verità, avrebbe voluto rimettersi in viaggio subito. Tuttavia, ancora una volta intimidita dall'ambiente estraneo e terrorizzata di perdere, in quella stagione di fame e miseria, una sistemazione che si annunciava più favorevole delle altre, Maria non trovò il coraggio di chiedere il permesso di ripartire.

Si rammaricò amaramente di aver sempre rimandato la visita alla mamma, pur essendosela ripromessa tante volte, quando le sorelle se ne erano andate all'estero. Né la consolava il pensiero che non era stato per pigrizia o leggerezza o scarso affetto, perché non era pigra né leggera e oltre la sua famiglia – e i tanti figli passeggeri – nessun altro per lei contava, neppure ora che aveva passato i quaranta. Era stato per senso del dovere, perché le sue necessità venivano dopo quelle dei suoi datori di lavoro, e perché non poteva rischiare di essere licenziata o malreferenziata, visto che i tempi erano troppo simili a quelli che aveva già passato, quando era parso che nessuno avesse bisogno di una bambinaia come lei e la sua domanda di impiego era tornata indietro con il numero 127.

Scrisse a casa, al papà, a Caterinetta, scrisse alle sorelle, con rinnovato fervore rispetto a prima e con doppia frequenza, pur sapendo che si poteva conoscere solo il momento in cui le lettere cadevano nella cassetta, non quando e se mai sarebbero arrivate a destinazione. Scriveva per sentirli vicini, per non dimenticarsi di loro come, un poco, aveva fatto con la mamma, scriveva per placare la paura; scriveva nel suo modo chiaro e dimesso, senza fronzoli ma senza nemmeno paura delle parole come, invece, qualche volta le capitava quando parlava.

Fu in questo stato d'animo, con il pensiero che, di sera, si faceva lancinante, della mamma relegata in qualche lontano luogo oscuro, che successe a Maria quello di cui ella stessa non riuscì a capacitarsi. Successe che, alla sua veneranda età, s'innamorò del papà del suo nuovo bambino, un silenzioso professore d'università un po' più giovane di lei, sposato a un'elegante e sottile moglie dai lunghi capelli a onde sciolte sulle spalle, come allora non usava, ma proprio per questo particolarmente attraente.

Sempre si domandò, Maria, come mai si fosse infuocata per lui e non per un altro dei tanti uomini in casa dei quali aveva vissuto, condividendo spazi e pasti, preoccupazioni e conversazioni. E sì che ce n'erano stati altri di prestanti, alti, con occhi chiari e bei capelli, a volte anche ben disposti nei suoi confronti, nel senso che volentieri avevano ostentato la loro benevolenza prendendole la mano tra le loro e tenendola più del necessario oppure arrangiandosi per sfiorarle il seno come per disattenzione. Quando capitava, era per Maria il segnale che di notte doveva chiudersi a chiave nella stanza e mettersi alla ricerca di un nuovo posto.

Non trovò mai risposta esauriente al suo quesito. Sapeva solo che la prima minuscola scintilla era brillata da qualche parte quando aveva visto che, la sera, e qualche volta anche nei pomeriggi, egli leggeva Heine, che lei considerava il suo poeta personale, per via di quei versi che sembravano rivolti proprio a lei, come se miracolosamente egli l'avesse conosciuta e anche meglio di chiunque altro. Al punto che a volte sentiva quasi il bisogno di rispondergli, per iscritto, come a un caro, intimo amico, e per questo, da tempo, si esercitava a compitare rime.

Un'altra scintilla era probabilmente venuta dal modo lievemente altezzoso in cui la signora trattava il professore. Figlia di buona e benestante famiglia, volentieri gli faceva intendere che lei era "qualcosa di meglio" e che, sposandolo, era scesa di qualche gradino nella scala sociale, mentre lui l'aveva, invece, salito: fatto che periodicamente lei gli ricordava, anche soltanto con una frase strascicata più del necessario o con sorriso condiscendente oppure appositamente un po' distratto.

Tuttavia, quando le si stringeva il cuore osservando i segreti segnali tra loro due, probabilmente già lo amava, almeno un poco, perché in silenzio s'indignava, e subito dopo, audacemente, s'azzardava a immaginarsi mentre gli veniva in soccorso per riparare l'offesa. «Io sì che ti capisco, io sì che ti apprezzo, io sì che ti conosco e so quel che pensi» gli diceva allora con voce quieta, senza mai pronunciare una parola.

Il resto – per accendere il fuoco – lo fecero la sua ferma pazienza, la sua tranquillità, il sorriso improvviso, il bell'accento limpido che le ricordava quello di suo padre, il passo un po' ondeggiante, i piedi in fuori, buttati avanti in modo scoordinato, come di un adolescente insicuro, cresciuto troppo in fretta. E il suo sguardo su di lei, che Maria sentiva di quando in quando, da principio solo casuale, poi più attento, infine, forse, ogni tanto, partecipe, quasi affettuoso: come se guardarla gli facesse piacere, lo riposasse dalle sue fatiche.

Che un uomo come lui, con una moglie bella e affascinante, sentisse il bisogno di riposare su di lei gli occhi, ecco, una cosa simile non se la sarebbe aspettata. Le poche volte che si era concessa di abbandonarsi ai sogni si era immaginata che, forse, sarebbe venuta un giorno per lei una brava persona: dapprincipio era stato uno studente, più tardi un insegnante, magari un maestro di musica o, chissà, anche un negoziante cui, però, piacesse leggere, ogni tanto, alla sera. Ma quei pochi di questo genere che era riuscita a conoscere li aveva ogni volta sentiti estranei, non adatti a lei, troppo infantili e semplici, oppure anche troppo rozzi, con modi di chi è abituato a mangiare in cucina e a parlare in dialetto.

E invece, adesso, che un uomo così s'interessasse sia pure vagamente a lei, piccola e non particolarmente bella bambinaia di mezza età, dalla pelle del viso ancora morbida e rosea, è vero, ma già segnata dalle rughe dei suoi crucci e dei suoi sorrisi, non poteva proprio crederlo: tanto da tornare a convincersi che non c'era stato nessunissimo sguardo per lei, bensì soltanto il riflesso di un suo desiderio.

Per non tradirsi, Maria cercava di non guardarlo mai, tenendo gli occhi sempre bassi o assorti altrove, e stava lontano da lui il più possibile, accontentandosi di ascoltare la sua bella voce, magari passando in corridoio oppure stando in un'altra stanza. E si affezionava al bambino, più che ad altri che aveva avuto, trovandolo intelligente e tenero, affettuoso e dolcemente astuto, ritratto in piccolo di suo padre, figlio soltanto suo, come aveva deciso che fosse, e per niente di sua madre, estranea, dimenticata.

Osservava la signora, anzi, la gentile signora, come era prescritto che la chiamasse, la quale, peraltro, si mostrava assai cortese, anche se in modo del tutto impersonale, come se a stento comprendesse chi mai fosse la donnina insignificante che girava per casa, della quale – interrogata un attimo dopo averla incontrata – mai avrebbe ricordato di che colore fossero gli occhi, i capelli, quale foggia avessero i suoi vestiti e quale timbro la sua voce. Figurarsi poi sapere qualcosa della sua vita, dei suoi pensieri. E se mai avesse colto l'inattesa attenzione di suo marito per la nuova bambinaia, molto probabilmente l'avrebbe soltanto classificata come un bizzarro disordine oppure come una inelegante mancanza di gusto.

Suo malgrado, Maria non poteva fare a meno di biasimarla segretamente, di trovarle sempre nuovi difetti, nuove mancanze! Odiosa no, e detestabile nemmeno, però così poco adatta al marito e al figlio... Provava quasi piacere a scoprire sue manie, sue debolezze, sue sciocchezze, salvo poi vergognarsene e costringersi, subito dopo, a mettere in evidenza qualche sua innegabile qualità: la bellezza e la grazia, per esempio, il buon gusto e la classe, oppure il modo di portare gli abiti, tanto che anche quelli più semplici sembravano raffinati, mentre se li avesse portati lei, sarebbero all'istante sembrati dimessi e di poco prezzo.

A un certo punto ci fu una piccola frase del professore senza la quale, molto probabilmente, il suo sentimento avrebbe fiammeggiato per altri mesi ancora e poi, essendo lei una donna ragionevole e con i piedi ben saldi in terra, sarebbe calato come vento che, di sera, un poco alla volta o, anche, d'improvviso, cade e si smorza. «Lei non è solo una bambinaia, ma anche un'anima nella nostra casa» le disse sorprendendola una mattina indaffarata tra guardaroba e cucina. Maria non rispose, ma si sentì calda in viso, e riuscì a malapena a fare un cenno con il capo, come per dire «Sì, ho capito» o anche soltanto «Grazie». E, contemporaneamente, afferrò qualcosa, uno straccio, una spazzola, un piatto, il primo oggetto che le capitò in mano, per darsi un contegno, un'aria disinvolta, e uscì dalla stanza in fretta, urtando contro lo stipite della porta, e facendosi anche male.

Incredula, si ripeté la frase, la soppesò, la analizzò come per un esame di grammatica o di sintassi; la riascoltò dentro di sé per esaminarne il tono, scoprire se dopo tutto non fosse stato ironico. Poi l'accettò, regalo imprevisto che conviene godersi senza troppo domandare, come la banconota che d'improvviso biancheggia sul marciapiede.

Tacque Maria, per vari giorni, più schiva e discreta che mai. Avrebbe voluto essere invisibile, per meglio potersi concentrare sui suoi pensieri. Per vent'anni o più aveva camminato in fretta, tanto che solo con difficoltà riusciva a rammentare nel dettaglio lo scorrere degli anni, le case in cui aveva lavorato, le città che aveva conosciuto, le persone, uomini, donne e, soprattutto, bambini che si erano susseguiti nella sua vita. E ora, inaspettato, questo momento immobile del quale per sempre, anche da vecchia, avrebbe ricordato ogni dettaglio.

Poi, resa coraggiosa dalla pacatezza silenziosa del professore, come chi all'improvviso si tuffa nell'acqua, Maria decise di rispondere. Lo fece a modo suo, insolito e coraggioso ma, insieme, timidissimo. Di versi ne aveva già scritti un bel numero in quei mesi, segreti e dedicati a lui, chiusi in mezzo alle pagine dei libri, ben custoditi tra le sue cose. Heine era il maestro e lei ubbidiva, cercando, dove poteva, di seguire le sue tracce. Ne trasse una che le sembrava adatta e la corresse riscrivendola su una pagina del blocchetto a quadretti che usava per disegnare i modelli dei suoi punti a croce che sempre avrebbe voluto ricamare ma quasi mai ricamò. Dovevano essere versi leggeri e non troppo accorati per non spaventarlo, perché si sa, e anche Maria lo sapeva, che gli uomini hanno paura dei moti forti dell'anima, dei sentimenti senza freni. Doveva essere una poesia un poco sorridente e un poco melanconica e doveva lasciar intendere e non intendere, di modo che nulla fosse detto tra loro, però insieme, qualcosa, sì.

Una mattina, infine, passando silenziosa in sala da pranzo, gliela mise sotto il piatto, al tavolo della colazione, che prendeva da solo di buon'ora. Sistemò il foglietto in modo che sporgesse un poco, per essere sicura che l'avrebbe visto per primo e non la cameriera o la cuoca o peggio, inimmaginabile, proprio la gentile signora. Poi sparì da qualche parte nella casa, per non dover vedere la sua espressione, chissà, stupita, sconcertata, infastidita o, peggio, compiaciuta.

Non ci furono reazioni. Né più attenzione da parte di lui, ma neppure meno. Rimase uguale, come se non avesse ricevuto niente, tanto che Maria si domandò se, dopotutto, i suoi versi non fossero finiti in altre mani. Tuttavia, messe a tacere le sagge, probe raccomandazioni che da tutta la vita le risuonavano dentro, osò farsi avanti di nuovo, ricominciando con un'altra poesia e poi un'altra ancora. Ne scrisse di spiritose e di un po' ironiche che irridevano lei, piccola bambinaia attempata che, oltre a guardare il bambino, guardava anche il suo papà. Misurava le parole, le ascoltava con attenzione, per esigenze di rima, e per la necessaria regola del dover dire e non dire.

Ancora niente. Soltanto, sembrò a Maria, che in sala da pranzo al mattino scendesse cinque minuti prima; forse per leggere in pace, si diceva. Non si dispiaceva, tuttavia, di quell'assenza di reazioni, e intanto stava ben attenta a non farsi trovare mai nei dintorni, preferendo restare in camera o fintamente indaffarata all'altro capo della casa. E anche durante il giorno faceva il possibile per non incontrarlo, mai da sola soprattutto, perché lui non potesse magari rivolgerle la parola, rovinando tutto con una sbagliata, o anche soltanto con un tono che avrebbe potuto sembrarle sarcastico oppure scioccamente languido o, per carità, troppo intimo.

Poi successe, invece, che una sera, uscendo dalla stanza del bambino appena addormentato, lei stanca e con i suoi sottili capelli non più raccolti per bene nel nodo dietro la nuca, ma in disordine, svolazzanti intorno alla testa, senza scarpe, con le calze soltanto perché aveva l'abitudine di entrare silenziosa nella cameretta a dare un'occhiata senza farsi sentire, lo trovò in piedi nel corridoio, fermo, come in attesa di lei, o anche solo per caso, ma comunque lì, a meno di un metro, quasi. Proprio così non avrebbe voluto incontrarlo, più piccola ancora senza le scarpe e con i vestiti stropicciati dalla lunga giornata. Rimase lì ferma, vergognosa, come una ragazzina colta in fallo, benché avesse già la sua bella età.

«Cara Maria» disse, e non, come di solito, gentile oppure cara signorina o signorina soltanto, e già questo le fece trattenere il respiro, in attesa speranzosa e atterrita delle parole che sarebbero venute. Ma non ne vennero. In silenzio le prese la mano che lei, dopo avere un momento esitato con le dita strette a pugno, gli porse poi, abbandonandogliela come una bambina, sebbene lui fosse un po' più giovane di lei. E poiché erano infiniti anni che nessuno la prendeva per mano così, assaporò la perduta sensazione di essere al sicuro, accudita, lasciandosi condurre lungo il corridoio, via dalle stanze e verso il suo studio che stava in fondo. E mentre andava, rapidamente immaginò, in quei pochi metri di corridoio – il suo cervello non voleva riposarsi mai – furtivi abbracci dietro le porte o in qualche angolo remoto della casa, magari qualche clandestina visita notturna nella sua stanza e poi, in tutti gli altri momenti, davanti alla famiglia e al personale, indifferenza e contegno perfetto, come se nulla di nulla fosse mai successo: «Signorina», «Gentile signorina», «Cara signorina», forse anche una volta, con particolare, pubblica enfasi, «Carissima Maria!».

Come una ragazza da poco, avrebbe detto suo padre nel linguaggio un po' antico e un po' ampolloso che non abbandonava nemmeno in famiglia. Quando furono, perciò, sulla soglia dello studio, mentre il professore stava già aprendo la porta senza mai lasciarle la mano, Maria si svincolò e corse via, veloce e silenziosa, senza scarpe com'era, fino alla sua stanza, chiudendosi la porta alle spalle. Dopo un minuto lo sentì camminare in corridoio, senza fretta, sicuro, troppo sicuro – pensò ancora Maria – e poi bussare piano, alcune volte, in silenzio, ma lei rimase ferma e zitta, trattenendo anche il respiro, come se in quella stanza non ci fosse stata anima viva.

Poi lui aprì la porta e stette a guardarla. E già la risoluzione di un minuto fa non era più così certa, e forte invece il desiderio di avvicinarsi, di lasciarsi stringere, con la testa appoggiata al cuore, come nelle favole, perché a quell'altezza sarebbe arrivata la sua testa e non più su. Sembrò che lui attendesse, con pazienza, che lei facesse un passo, sicuro, probabilmente, che l'avrebbe fatto e dunque non si mosse, guardandola come se lei gli fosse stata davvero cara. Ma subito Maria si disse che non poteva essere, e che quell'ardore altro non era se non desiderio, tranquillo, fiducioso desiderio di qualcosa che egli avrebbe senz'altro avuto presto, quasi come chi – crudelmente la fulminò il pensiero – si mette a tavola pregustando l'ottimo boccone già in attesa nel piatto.

Scosse allora la testa, piano, una, due volte, guardandolo lei, stavolta, negli occhi. Vai via, lo pregò in silenzio, grazie ma non voglio e non posso. Grazie, però. E quando lui, senza una parola, dopo un po' richiuse la porta, se ne dispiacque acutamente, anche se era quel che gli aveva ordinato. Non pianse perché non era nelle sue abitudini, e solo un paio di volte si asciugò gli occhi, ma le sarebbe piaciuto farlo, per lavare via almeno un poco del forte struggimento.

Qualcosa di simile le accadde solo una volta ancora nella vita, molti anni dopo, quando ebbe passato i sessanta, senza più bambini da allevare, ormai padrona della casa che era stata della nonna. Per sistemare i locali, devastati dall'abbandono in cui erano stati tenuti, oltre che dai numerosi gatti dell'insopportabile inquilina, si rivolse a un architetto che abitava poco lontano, la cui targhetta vedeva brillare accanto alla porta d'ingresso, ogni volta che passava per andare a fare la spesa.

Trovò un grand'uomo, affabile e sportivo, intorno ai cinquanta, un po' grossolano, ma solo nell'aspetto e nel modo di parlare, non nell'animo e nei pensieri. Divorziato, senza figli, le raccontò presto, e con una annosa relazione con una bionda signora vestita alla moda, che lo raggiungeva nei fine settimana, proprietaria di un barboncino bianco che, secondo Maria, si adattava poco alla personalità dell'architetto.

Nei mesi della ristrutturazione egli venne da lei tutti i giorni e, presto, oltre che piani e consigli per la casa, cominciò a fornirle ogni sorta di consulenze, che andavano dal modo migliore per pagare meno tasse a suggerimenti di letture, musiche, ristoranti e mete di escursioni. Finì che prese l'abitudine, anche quando i lavori furono terminati, di passare da lei quasi ogni sera per un bicchiere e due chiacchiere che, non raramente, si prolungavano fino oltre mezzanotte. A volte Maria gli preparava qualcosa da mangiare ma, poiché lui non era di gusti tanto facili, e lei assai poco esperta di cucina, preferiva, una volta alla settimana, invitarla al ristorante, una volta di qua, una volta di là, sempre in bei posti eleganti e rinomati, nei quali non si sarebbe mai sognata di mettere piede.

Formavano una coppia singolare, lei piccola e ormai un poco tonda, avviata a diventare anziana, e lui alto, prestante, quasi grosso, e ancora giovane. Se non fossero stati così diversi nel paese avrebbero subito mormorato: «Amanti», ma così, invece, capitò più di una volta che al ristorante il cameriere, accennando a lei, gli si rivolgesse chiedendo: «Mamà?». Loro ridevano, lei niente affatto dispiaciuta, ma forse più di tanto nemmeno lui, sembrava a Maria.

Parlavano per ore, come capita a chi, nella solitudine, ha accumulato migliaia di parole non dette. Parlavano anche di cose personali, delle vite che avevano avuto, perfino di Marirose, la bionda con il barboncino, che lui le aveva presentato una domenica e che a lei non era dispiaciuta, nonostante il nome da operetta e la bocca troppo pitturata per i suoi gusti. E poiché le era sembrato che la bella signora fosse un poco gelosa del tempo che loro due passavano insieme, aveva cercato, per rassicurarla, di mostrarsi più vecchia e più stanca e più silenziosa di quanto non fosse in realtà.

Per cinque anni l'architetto frequentò la sua casa e capitava che a volte, nei fine settimana, andassero al ristorante in tre, loro due più Marirose: sì, proprio questo era l'ordine in cui li vedeva nella sua mente, come se Marirose fosse l'ospite e lei la vera fidanzata o anche la moglie, a causa di quella quotidiana familiarità, la stessa che stringe il legame tra le coppie.

Perfino a Natale, a una certa ora egli si presentava assieme a Marirose con una bottiglia e un regalo. Maria avrebbe preferito che venisse solo, ma ugualmente cercava di preparargli un'atmosfera come quella che lui le aveva descritto dei Natali della sua infanzia: con luce di candele, con profumo di rami di pino bruciacchiati sulla fiamma, con musica antica sullo sfondo e, sul piatto, certi biscotti speziati che, a suo tempo, anche Caterinetta preparava nell'Avvento. Quelli suoi erano, in verità, più rustici e irregolari, spesso sbriciolati o malformati, a causa delle mani diventate, negli anni, ancora più maldestre; ma l'architetto, grande e grosso, si commuoveva lostesso.

In quegli anni, varie volte Maria ebbe l'impressione che se solo avesse voluto, qualcosa tra loro sarebbe successo. Sapeva che agli occhi di chiunque altro questa sua certezza sarebbe sembrata ridicola, ma sapeva anche che, per qualche ragione, lui l'ammirava, che la giudicava sapiente e intelligente, e che gli piaceva il tempo passato con lei. Naturalmente non disse mai nulla né mai fece il minimo gesto, nella speranza che potessero continuare così, per sempre, a parlare ogni sera fino a mezzanotte e andare al ristorante loro due, una volta alla settimana.

Invece l'architetto, a un certo punto, cedette alle ansiose pressioni di Marirose e la sposò. Finite le visite e le chiacchiere, limitate al minimo – perché a Maria non piacevano più – le uscite a tre al ristorante. Ma non soffrì tanto per la ritrovata solitudine e nemmeno per il silenzio nel quale ritornò, quanto per gelosia: per amore, dunque, quasi come quell'altra, unica volta prima di allora, nella sua vita. Soffriva d'incontrarli in strada, Marirose e l'architetto sottobraccio, con il ridicolo barboncino riccioluto al guinzaglio che, oltretutto, ringhiava rabbioso nella sua direzione – quando si fermavano a scambiare due parole – memore probabilmente dei calcetti nascosti che Maria gli aveva inflitto sotto il tavolo. E soffriva di saperli insieme, a bere e chiacchierare la sera, come prima aveva fatto lei con lui. Tanto che cambiò percorso e, per andare a fare la spesa, si abituò a fare un giro diverso, più lungo, in modo da non dover passare davanti alla casa dove adesso abitavano insieme.

Ciononostante, in qualche rara occasione, quando Marirose era in viaggio, l'architetto si ripresentava da

Maria, e lei se ne rallegrava, ma era diverso ormai, perché si era perduta l'affettuosa intimità che l'aveva fatta sentire, per un lungo tempo, quasi giovane. Poi lui cominciò a non stare bene, non ancora sessantenne eppure già grigio in faccia e dimagrito. Lei s'interessò, volle sapere, ma lui rispose soltanto: «Niente, niente. Un piccolo disturbo di stomaco». Presto venne, però, il tempo in cui non lo incontrò più da nessuna parte, nemmeno dopo che ebbe ripreso a passare davanti alla sua casa.

Della sua scomparsa seppe dai giornali, perché era conosciuto non solo nel paese ma anche nella regione intorno, e a lei sembrò che la morte avesse sbagliato in pieno la sua contabilità, prendendosi un bel signore forte e alto non ancora sessantenne al posto di una vecchietta che di anni ne aveva dieci più di lui. Non andò al funerale perché, piccola com'era, ancora più piccola che da giovane, nella folla invernale e incappottata si sarebbe sentita sballottata, smarrita. Aspettò, invece la primavera, per andarlo a cercare al cimitero, e stare un po' con lui, in silenzio, da sola.

Molti anni prima, all'indomani di quella sera, di quella notte in cui il papà del bambino si era affacciato alla sua stanza, Maria cominciò a cercare un nuovo posto. Controllò giornali, scrisse ad agenzie. Ma, di nuovo, sembrava che nessuno avesse più i soldi per permettersi una bambinaia, anche se poco pagata come era sempre stata lei. Tranne in questa ultima casa dove, per un bambino solo, riceveva più di quanto avesse ricevuto mai nella sua lunga carriera. E non solo per lo stipendio si era trovata meglio che altrove: per il rispetto, per la cortesia – anche della gentile signora – oltre che per il buon cibo e la luminosità della stanza. In più, in Svizzera si era sentita sicura, non più oppressa come prima da così tante paure. Eppure doveva andarsene, lo sapeva, perché se fosse rimasta sarebbe successo quanto si era immaginata la sera in cui docilmente aveva seguito il professore che si avviava verso il fondo del corridoio.

Scrisse anche ai suoi vecchi, come mentalmente li chiamava, il papà e Caterinetta, ormai indistruttibile coppia che, immaginava, invano avevano atteso di diventare nonni. Scrisse perfino alle sorelle, pur senza molte speranze, perché grande aiuto da loro non era mai venuto. E, intanto, cercava di rendersi invisibile in casa, niente più poesie sotto il piatto e occhi rivolti altrove, per evitare i suoi che, invece, ancora la cercavano, sebbene in modo diverso: a volte incuriositi, forse anche divertiti, come registrò, mortificata, Maria. Passava più tempo possibile in camera, tanto che la gentile signora chiese ripetutamente se si sentisse bene, se ci fosse qualcosa che la preoccupava.

«Sì» ebbe modo di dire senza davvero mentire «è tanto tempo che non abbiamo notizie della mamma.»

E fu tre, forse quattro giorni dopo aver pronunciato quella ingannevole verità che, quasi a castigarla, giunse, inaspettata ma perennemente temuta, la notizia. Che sua madre fosse morta le era balenato in mente tante volte, ma sempre aveva scacciato quel pensiero costringendosi a immaginarla, invece, sana e salva, forse chiusa da qualche parte, però accudita, al sicuro, lontano dalla guerra, con una finestra, chissà, da cui poteva guardare alberi e prati. E l'assenza totale di notizie aveva, con l'andare del tempo, favorito le rassicuranti fantasie.

Scrisse Caterinetta, perché il papà con quell'unico braccio, probabilmente, nonostante la disciplina di una vita, non riusciva più tanto bene o, forse, perché non se l'era sentita di informare lui, le figlie. Scrisse che la mamma era morta, da quasi tre anni, uccisa assieme a tutte le altre pazienti dell'istituto l'indomani della sua chiusura, questo dicevano i documenti americani, in un linguaggio distaccato, forse tradotto da qualche interprete che di informazioni simili ne aveva già dovute redigere troppe.

In una camera a gas, di cui sapevano ormai tutti? Oppure con un'iniezione? Un colpo di pistola? Fu costretta, Maria, a vedersela da sola con le immagini delle possibili morti toccate alla mamma. E da sola e in silenzio dovette reggere il peso del dolore, misto al rammarico, ormai irrimediabile, per essere sempre stata più figlia di padre che di madre, per aver ricambiato volentieri la distanza che lei le aveva imposto, per aver sempre preferito la compagnia di Caterinetta alla sua. Poteva forse dividere l'angoscia con il bambino oppure con la gentile, distratta signora? Con lui sì, con lui soltanto avrebbe potuto, ma non poteva, era proibito. Trovò la forza di non dire nulla a nessuno della casa, nemmeno alla cameriera giovane che ogni tanto le si era rivolta per un consiglio, e si portò dietro il lutto nel viaggio, quando, infine, riuscì a partire. Due lutti, anzi, perché la perdita della mamma non aveva cancellato quell'altra perdita che si era imposta appena prima, ma l'aveva, anzi, fatta bruciare di più e, forse, più a lungo. Sola e sballottata si era sempre sentita nei suoi spostamenti da un luogo all'altro, da una famiglia all'altra: stavolta, però, si sentì più che sola, più che piccola e sballottata, uno straccio, quasi, un niente.

La salvezza, anche se non liberazione dal dolore, le era arrivata proprio da Eva e Nicolina che, nel loro caffè, avevano conosciuto la nonna di un bambino che stava per nascere, in cerca ansiosa di una bambinaia. Aveva parlato di una nuora un po' sprovveduta e non in grado di occuparsi di un neonato. In Italia sarebbe dovuta andare, e niente era sicuro; ci sarebbe stato un colloquio, prima, con la nonna e poi con la futura mamma. Maria, però, era partita lo stesso, a precipizio, lasciando intendere alla gentile signora e al professore che ogni cosa era già fissata e gli accordi presi. Né il suo caloroso, dispiaciuto saluto modificò la sofferenza che si portava avvolta addosso.

Incontrò la nonna e anche la futura mamma, con la faccia di bambina e gli occhi spaventati. Altre bambinaie – seppe – molto più giovani di lei, si erano già presentate, ma non avevano convinto la signora anziana che temeva la loro sventatezza. La nuora, invece – seppe anche – sarebbe stata più contenta con una ragazza, forse per non sentirsi in soggezione. Perciò Maria si era preparata all'appuntamento senza il vestito di lutto, con una sciarpa verde chiaro e le scarpe nuove, con il cinturino allacciato e un piccolo tacco, quasi infantili. E la signora giovane disse che andava bene, che era contenta, però dava l'impressione di essere più che altro rassegnata alla decisone della suocera, di non aver davvero scelto.

A Maria le mamme così non dispiacevano, ne aveva

già avute altre, perché non si immischiavano nel lavoro, preferendo lasciarla fare. Più difficile, invece, avrebbe potuto essere la nonna che, non a caso, s'intrattenne a lungo con lei, mai contenta di domandare quanti bambini avesse curato e dove e da chi e per quanto tempo. Solo alla fine chiese se non avesse paura di andare a lavorare in una famiglia dove era morto un bambino, fratello maggiore di quello che sarebbe nato. Ebbe molta paura, Maria, ma non aveva scelta e anche se il bambino doveva ancora nascere volle cominciare subito. Poi pensò che con il suo dolore era meglio entrare in una casa di dolore: se vi fosse regnata l'allegria il suo lutto sarebbe pesato troppo. E, viceversa, fosse stata spensierata, lei mal si sarebbe adattata a una famiglia a lutto.

La prima cosa che notò giungendo nella nuova casa furono due rigogliosi cespugli di rose, nel giardino, uguali a quello che aveva piantato assieme a Caterinetta nel breve prato della nonna: rose chiare, quasi bianche, che, da maggio in poi, profumavano l'aria fin dentro le stanze. Ed essendo, appunto, maggio, ne respirò l'odore – lo stesso odore – ancora prima di mettere piede nella nuova casa.

Sofia

Suo padre, il suo elegante, riservato e inflessibile padre, del quale parlò sempre come di un personaggio mitico, quando qualcuno telefonava per lei, maschio o femmina che fosse, urlava nella cornetta: «Qui non c'è nessuna Sofia» prima di sbatterla sull'apparecchio nero da muro, nell'oscuro corridoio della casa viennese. Anche se, bisogna dirlo, il trattamento non era specifico per lei, in quanto toccò allo stesso modo alle sorelle minori, sia pure in maniera un po' più blanda. Il telefono, insomma, era solo per lui, per rare comunicazioni di lavoro, oppure per le brevissime conversazioni mondane di sua moglie. Poteva anche servire alla cuoca se, eccezionalmente, doveva ordinare qualcosa "fuori", dal panettiere, dal vinaio, dal macellaio, dal pescivendolo. Ma non doveva esistere per le ragazze e i corteggiatori potevano scrivere, se volevano un appuntamento. Oppure suonare alla porta e lasciare un biglietto, come cento anni prima.

Al futuro marito di Sofia il padre aveva detto anche: «Stai attento, pensaci bene prima di prendertela, è ribelle e maleducata, noi non siamo riusciti a tirarla su come si deve. Ha passato troppo tempo in cucina, con le sguattere e la cuoca, ha imparato le loro maniere. Ma non c'era verso di tirarla fuori di lì, golosa com'è». E, in effetti, la cucina era il luogo che Sofia preferiva, per i buoni odori e sapori, e per il parlare franco della cuoca che non si tirava indietro davanti a nessun argomento, comprese le cose dell'amore che "di là", nel salotto, in sala da pranzo, nelle stanze non venivano mai prese in considerazione, assenti, sconosciute, come se non esistessero; e se, per sbaglio, qualcuno vi accennava, subito una nuvola di silenzio scendeva sulla conversazione inducendo i presenti a cambiare in fretta argomento. Ma a Sofia la cucina piaceva anche perché vi si sentiva al sicuro dai frequenti rimproveri del padre il quale, lì, non metteva mai piede.

Sebbene fosse la maggiore e la più bella, le venivano in genere preferite le sorelle, probabilmente perché più docili e più misurate nelle loro espressioni. Ridevano, piangevano, tossivano, starnutivano e litigavano in tono più discreto e sommesso, non alla maniera chiassosa sua. Ed erano più bassine, più minute – e forse più astute – di lei, alta e maestosa come una donna di trent'anni già a quattordici. E niente affatto astuta, nel senso che era incapace di fingere, di occultare un sentimento, un'opinione, ma doveva sempre palesare ogni cosa, a precipizio. Per le sorelle c'erano state, fin dal principio, più parole dolci e più attenzioni: perché erano piccoline e delicate, si diceva Sofia che, nonostante l'amarezza di vedersele preferire in molte occasioni, le amava con foga, sentendone acutamente la mancanza quando fu partita.

A costo di tenersela in casa per sempre, il padre si era, dunque, sentito in dovere di mettere in guardia il futuro genero. Questione di onore, di lealtà che, per un militare come lui, erano concetti sacri. Merce di seconda scelta si deve essere, dunque, sentita, lei, andata sposa a diciannove anni, con la sua bella faccia serena di bambina buona sul gran corpo di donna. Senza dote, praticamente, perché "erano tempi difficili" e perché "tanto, avrebbe trovato ogni cosa" nella casa dove andava a stare, lontana, mai vista. Quando, però, venne il momento delle sorelle, ebbero tutte e tre il loro bel corredo, lenzuola, tovaglie e asciugamani ricamati, di lino fine, nonché gioielli e posate d'argento: forse perché i tempi non erano più così difficili o forse perché le piccole erano un poco scialbe, si consolò lei, e dunque occorreva un qualche incentivo per incoraggiare i partiti, buoni o cattivi che fossero.

Tuttavia Sofia si sposava contenta lostesso, perché il marito era elegante e spiritoso e anche innamorato. Contenta soprattutto di essere riuscita, in nemmeno troppo tempo, a trovare un uomo che le piacesse, nonostante l'impossibilità di telefonare, nonostante gli occhi sempre attenti del papà e la vaga, distratta indifferenza – nessun grave ostacolo, ma nemmeno il più piccolo soccorso – di sua madre. Altri due pretendenti, prima di lui, erano stati sconfitti o, meglio, si erano arresi alle difficoltà. Quello timido con i capelli rossi, che più volte l'aveva aspettata fuori della scuola, si era dileguato dopo che qualcuno aveva fatto la spia, e l'essersi ritrovato argomento di conversazione l'aveva spaventato a morte. E quell'altro, un po' più basso di lei, dai bei tratti scuri e regolari, non aveva retto al trattamento di suo padre che, intercettatolo una volta sotto casa, non aveva esitato a cacciarlo via come un mendicante molesto. Annunciando poi alla figlia che era uso delle cameriere e delle cuoche dare appuntamenti negli androni ai loro spasimanti. Lo disse appunto a tavola, mentre cameriera e cuoca servivano la cena: l'una rimase impassibile come se non avesse sentito mentre l'altra fece una faccia sdegnata che sembrava proclamare: «Figurarsi se io mi abbasserei a dare appuntamento a un uomo sotto casa. Queste cose le lascio fare alle sguattere».

Il fatto di avere trovato, nonostante il severo regime di casa, un vero fidanzato, più grande di lei di quindici anni, un uomo, dunque, non un ragazzo, e autorevole, anche, per via della famiglia, della casa e dei campi – sia pure distanti e conosciuti solo per sentito dire – le conferiva, infine, a parer suo, una forza diversa, tanto che, non più come prima, suo padre avrebbe potuto strapazzarla e urlare nella cornetta, semmai qualcuno – magari proprio il suo promesso sposo – l'avesse cercata al telefono. Tuttavia, quella confidenza sussurrata prima delle nozze, «È maleducata, abbiamo fallito», in un certo senso creò un'alleanza tra suocero e genero, dando luogo a un colloquio che la escludeva, a un'alleanza che non si incrinò mai, tanto che rimasero sempre uniti loro due, spesso anche contro di lei. E gli fu permesso, al padre, per anni e anni ancora, quando durante le vacanze i giovani si univano agli anziani, di sgridare la figlia senza remore, zittirla, dirle a volte cose come: «Non parlare a voce tanto alta» o «Sei sempre così invadente» o «Non ho chiesto il tuo parere» anche davanti al marito, il quale, a sua volta, poi, a voce bassa, ripeteva quelle medesime frasi sgradevoli, in qualche occasione perfino con rabbia, come se si fosse vergognato della moglie, che nemmeno lui era riuscito a rendere disciplinata e composta secondo il desiderio del suocero e anche suo.

Fu sgridata spesso, dunque, da padre e marito, messa a posto perfino alla presenza dei figli piccoli, i quali si stupivano di vedere una donna grande trattata come una bambina disobbediente e poi, magari, anche piangere un poco, esattamente come loro dopo un castigo o una lavata di capo. Eppure, nonostante i rimproveri, riuscì a rimanere un poco indisciplinata fino alla fine dei suoi giorni, si può dire. Scordandosi, regolarmente, in pochi minuti, delle incombenze che il marito le affidava. Rifiutandosi di partecipare, perché vi si annoiava a morte, a ricevimenti per signore. Mangiando volentieri le cose più pesanti e malsane, dolci, cioccolata, panna, burro, salsicce, arrosti di maiale, e malvolentieri quelle sane, verdura, frutta e insalata. Non coprendosi mai, d'inverno, con un cappotto, ma sempre solo con una giacca e sistematicamente rifiutando, in casa, una maglia, uno scialle per pararsi dagli spifferi, perfino quando era seriamente raffreddata. Figurarsi poi la pelliccia che suo marito le aveva regalato. La lasciò pendere per anni nell'armadio fino a che, una volta, costretta dalle insistenze di lui, si rassegnò a indossarla, trovandola, però, mangiata dalle tarme che si erano fatte aggressive dopo che la canfora, mai rinnovata, si era da un pezzo consumata.

Non aveva neppure mai voglia di fare due passi, una passeggiata, un po' di moto come dicevano i dottori, preferiva andare in macchina, quando ci fu, quando ne ebbe una a disposizione, anche per coprire una brevissima distanza, dalla casa alla chiesa, da casa a scuola, da casa fino alla bottega del calzolaio. Pigramente, con ritardo anche di mesi, rispondeva alle lettere dei genitori e delle sorelle, né si comportò in altro modo con quelle dei figli. Dormiva fino a tardi la mattina come una ragazzina fannullona e passava volentieri i giorni a leggere e ad ascoltare la radio invece che a occuparsi proficuamente della casa, del giardino o di altre cose sagge e buone di cui si occupano le signore.

Tutto il contrario, insomma, della sua mamma, la sua soave e disciplinata mamma, mai molto loquace, che non si immischiava nelle faccende di nessuno, che centellinava superficiali baci e abbracci e che, tendenzialmente, si mostrava più affettuosa con le figlie piccole che non con la grande. E, infatti, quando morì, ancora in forma e ben lucida nella mente nonostante l'età, alla maggiore non lasciò nulla in ricordo, non un vestito, non una fotografia, non un gioiello, non un fazzoletto, una seggiola, un quadro, un paio di guanti. Niente di niente.

Se anche Sofia avesse sospettato che le sorelle, approfittando della sua assenza, si fossero appropriate di ogni cosa, scoprì dal testamento che davvero sua madre non aveva pensato di lasciarle nulla. A lei rimase solo il contenuto di un cassetto del comò, che trovò intonso, un'estate in cui era salita a rivedere la grande casa di campagna nella quale aveva trascorso buona parte dell'infanzia, ormai entrata nel possesso di una delle sorelle, che la invitò a servirsi liberamente: «Prenditi tutto quello che vuoi, non mi serve nulla di questa robaccia vecchia!».

Sofia non si soffermò sul modo soavemente sprezzante di sua sorella e, con gioia infantile, mise le mani su buste ingiallite di diverse misure, sui fogli di carta da lettere che erano stati di sua madre, su quaderni e blocchi, antiche cartoline mai spedite, francobolli scaduti, graffette, forbici e gomme da cancellare, temperini, elastici, colla, pennini e righelli, matite intonse, bottigliette d'inchiostro rinsecchito e nastro adesivo che ormai non aderiva. «La cartoleria della mamma» chiamò poi sempre questi residuati di cancelleria d'altri tempi che, con gelosa attenzione si portò in viaggio e sistemò nel cassetto di un comò della sua casa, nel medesimo ordine in cui li aveva trovati. E, spesso, li mostrava ai figli, orgogliosa dell'inattesa eredità, alla quale, in qualche rara occasione, avevano il permesso di attingere: con giudizio e discrezione, però, perché era assai gelosa di quel suo bizzarro patrimonio, forse già vecchio e fuori commercio ai tempi di sua madre.

Eppure, per aver avuto in eredità nient'altro che vecchia carta, Sofia non se ne ebbe a male, non recriminò, non ci spese sopra una parola e, fino alla fine, continuò a parlare di entrambi i genitori con rispetto e ammirazione, soffermandosi ripetutamente sulla nobiltà, l'amabilità, l'eleganza e, sì, anche sulla loro speciale generosità.

«La mamma era bravissima a cucire i vestiti a tutte noi!», «La mamma suonava il pianoforte come un angelo», «La mamma parlava l'inglese e il francese come se non avesse mai fatto altro nella vita» ricordava fiera e commossa ogni volta che se ne presentava l'occasione. E quando più tardi i figli cercarono, ogni tanto, di farle notare che la nonna, però, era un po' distante, un po' indifferente e, a volte, anche, sarcastica nei suoi confronti, lei rispondeva che no, che si sbagliavano, che non la conoscevano bene.

Ma tutte queste cose vennero dopo.

Prima, Sofia era una bambina viennese nata qualche anno dopo la grande guerra, dai lucidi capelli castani tagliati all'altezza del mento e tenuti fermi in cima alla testa da un grande fiocco blu, la piccola bocca polposa ben disegnata pronta a passare dal broncio al sorriso e viceversa con la velocità del lampo. Esattamente come poi da grande, benché, con il tempo, le ragioni del broncio si fecero poi forse più numerose di quelle del sorriso.

Anche nel corso dei sei anni durante i quali rimase figlia unica non ricordava di essere stata coccolata da suo padre e sua madre come poi lo furono le sorelline. «Sofiabimba», sì, di questo vezzeggiativo si rammentava, ma a chiamarla così erano stati piuttosto i nonni che non i genitori, o forse l'ardente e feroce zia Helene che viveva in casa, chissà, commossa dalle manine soffici, dalle guance tenere e dai piedini grassottelli della nipote. Oppure furono i domestici, a volte più benevoli nei confronti dei bambini, in quanto li sentivano compagni di sventura, accomunati nel destino – sia pure limitato nel tempo – di obbedire senza replicare, di servirsi per ultimi a tavola, quando i pezzi buoni erano già andati, di dormire nelle lenzuola di cotone, spesso rammendate, invece che di lino come i signori e in stanzette dimesse, sul lato d'ombra della casa, dagli arredi spartani e dal riscaldamento impostato al risparmio: seconda classe, insomma, per bambini e servitori.

O forse, a inventare quel vezzeggiativo, fu la bambinaia Ben, figlia di montanari, il cui aspro accento di gola Sofia era solita imitare, anche molti anni dopo, evocando, con struggente nostalgia, la sua tata, all'improvviso e troppo presto uscita dalla sua vita, forse richiamata a casa per ragioni familiari, forse licenziata per non essere riuscita a educare Sofiabimba come sarebbe piaciuto ai suoi genitori.

Fin dal principio la bambina amò appassionatamente Ben, l'unica a non sgridarla mai, a lasciarle mangiare tutto quello che voleva e in grandi quantità, a non fare sempre confronti tra lei e le sorelle piccole così brave, composte e ubbidienti. Quando, nel corso di un inverno gelido, trascorso nelle stanze mai tanto calde, con doppie finestre sì, ma non a prova di micidiali spifferi («Uh, sento il vento che soffia diritto giù dalla Siberia» ripeteva con occhi esaltati e stringendosi in uno dei suoi tanti scialli, la zia Helene), si ammalò di polmonite e rischiò di morire tanto che le avevano dato l'olio santo e i genitori avevano già fatto preparare un piccolo loculo nella tomba di famiglia, Ben – che stava per Benedicta – rimase seduta accanto a lei per un mese di seguito, notte e giorno. O, almeno così raccontò poi sempre Sofia, come per dire: «Lei sì che mi ha amato, per lei sì che ero importante».

E per tutta la vita conservò – tra le pagine del libro da messa – una minuscola fotografia, dall'ingiallito bordo frastagliato, raffigurante Ben, piccoletta e infagottata in lunghi abiti scuri, per mano a una bambina di due o tre anni – Sofiabimba – a sua volta vestita tutta di scuro, con in testa un cappuccio a punta, da folletto, e allegri occhi brillanti come due sassolini lucidi nel piccolo viso tondo. Loro due da sole, vicine, silenziose e sorridenti.

Nonostante le lodi che Sofia poi fece sempre dei suoi genitori, nonostante la conclamata devozione nei loro confronti, l'unica, probabilmente, della quale si era fidata e con la quale si era sentita sicura, protetta, amata, era stata Ben. E fu per questo, probabilmente che, a un certo punto, quando si fece vecchia, meno baldanzosa, e meno coraggiosa di un tempo e anche un po' svanita, cominciò a chiamare la sua bambinaia, di giorno e di notte «Ben, Ben! Quando vieni, dove sei, aiutami, non mi lasciare sola!». Sua madre o suo padre non osò chiamarli mai, perché sapeva che non andavano disturbati, che non sarebbero venuti, ora come allora, quando di notte qualche volta li chiamava se aveva mal di pancia o caldo o freddo o paura, e Ben non sentiva perché si trovava affaccendata altrove.

Più tardi, Sofia fu una ragazza che andava a scuola, però pigra, svogliata, poco portata agli sforzi visto che, nel suo amore devotissimo, Ben aveva sempre fatto tutto per lei, mettendole a posto i vestiti, tenendo in ordine i giochi, controllando ogni sera che libri e quaderni fossero nella cartella, andandole a prendere, giù in cucina, un bicchiere d'acqua, una mela, una fettina di torta ogni volta che ne aveva la voglia ma non la volontà di farsi due rampe di scale e procurarsi da sola cibi o bevande. Anche perché temeva sempre di incontrare qualcuno che le avrebbe contestato il bottino: «Ancora mangi? Non è l'ora, non è il momento, non si mangia fuori dei pasti e la cucina non è il posto per i bambini».

Finché era stata alle elementari nella scuola di campagna, dodici bambini riuniti in una stessa classe, figli e nipoti degli ottantotto abitanti del villaggio, la maggior parte dei quali le sembravano vecchi decrepiti, di fatica Sofia ne aveva dovuta fare poca, perché la maggioranza dei suoi compagni aveva genitori che parlavano dialetto e che usavano la lingua della scrittura soltanto per cantare in chiesa, mentre lei, figlia di signori di città, era capace di articolare in scioltezza anche le parole più difficili. Senza considerare che una volta al mese il maestro Glaser saliva a prendere il tè dai suoi genitori, in compagnia della moglie, la signora Hermine che, quando il marito era malato, lo sostituiva in classe.

«Come va la nostra scolara?» s'informava il padre con la faccia severa, come per far intendere: soprattutto non mi si raccontino fandonie!

«Sofia è brava, non ci possiamo lamentare. Si distingue in scrittura e aritmetica. Vorremmo che ci fossero altre alunne ordinate, pulite e capaci come lei! A volte potrebbe sembrare un po' pigra, ma tendiamo a pensare che si tratti di un leggero affaticamento stagionale che passerà con il cambio delle temperature.»

Si esprimeva in modo pomposo il maestro di scuola, al plurale, come se parlasse a nome dell'intera istituzione scolastica. Più che un insegnante, sembrava un dottore che emetteva una diagnosi difficile ma, in complesso, non davvero preoccupante. Seguivano sempre lo stesso schema, quelle conversazioni a quattro, nel corso delle quali le signore si scambiavano informazioni sullo stato delle rose rampicanti, dei lunghi gladioli e dei piselli odorosi che crescevano nei rispettivi giardini. E intanto i signori s'intrattenevano per qualche minuto sul tempo, sfioravano brevemente la politica, finendo per soffermarsi più a lungo sull'altra passione del signor Glaser, sulla sua seconda vita, quella di apicoltore.

Egli teneva, infatti, dietro casa, una fila di alveari dai quali ricavava un miele vischioso e denso, color oro scuro, del quale riforniva periodicamente la tavola dei suoi "gentili e cari ospiti" come, ritto in piedi e la testa rispettosamente chinata in avanti, recitava dopo ogni visita. E quando veniva il momento della smielatura, da debita distanza, Sofia restava a osservare il suo maestro, insolitamente animato e irriconoscibile nella tuta bianca e il viso coperto da una maschera mentre, con delicatezza, faceva scendere dai favi la luccicante colata del miele che a lei piaceva tanto, spalmata sopra fette di pane nero fresco.

Si trattava, però, di un piacere assai sporadico, in quanto le immutabili regole della casa proibivano il pane nero fresco che incresciosamente fermenta nello stomaco. Ragione per cui la cuoca riponeva in qualche segreto ripostiglio le grandi scure pagnotte appena sfornate, lasciandovele riposare per due o tre giorni prima di attaccarle con il coltello. Evidentemente, però, le stesse regole non valevano per gli adulti, come una volta scoprì Sofia, toccando di nascosto con un dito certe fette morbide e umide pronte sul vassoio della prima colazione dei genitori.

Non bastavano, tuttavia, le peripezie del maestro apicoltore per distrarre il papà dal tema principale della conversazione, e cioè il rendimento scolastico della figlia, cui inevitabilmente tornava prima che la visita si concludesse, riprendendo il discorso là dove lo aveva lasciato.

«Stanchezza, lei dice? E di che cosa dovrebbe essere stanca questa ragazza? Pigra è, altro che affaticamento stagionale! Mi faccia la cortesia, signor maestro!»

«Ma se le ho detto che è la migliore della classe...»

«Ci mancherebbe che andasse peggio dei suoi compagni, di famiglie degne, ma sappiamo quanto ignoranti! Secondo noi sarebbe opportuno che la bambina si esercitasse di più, con qualche compito supplementare. Dia retta a me, caro Glaser, conosco mia figlia meglio di lei. Alla sua età io già parlavo tre lingue! Il mondo è cambiato, gentile signor maestro. Lo vede anche lei. Vogliono tutti quanti la vita facile, i giovani di oggi!»

I compiti in più, che l'insegnante, obbediente, assegnava, poi toccavano quasi sempre a Ben. Sofia avrebbe preferito che li scrivesse direttamente nel quaderno invece che sui fogli di brutta dai quali poi doveva ricopiarli, ma la tata da quell' orecchio non ci sentiva. «Impossibile, troppo sfacciato! La mia scrittura è tutta a punta, stretta e alta, da vecchia ignorante, il maestro se ne accorgerebbe. Devi proprio scrivere tu, anima mia. Io ti sto vicina per aiutarti.»

Le altre scuole Sofia le frequentò non più nel paesino di ottantotto contadini, smarrito nei campi e affossato, come tutti gli altri paesini della regione, in un avvallamento del terreno che, d'inverno, lo proteggeva dal soffio dei venti, bensì a Vienna, dalle monache, naturalmente. Anche lì senza particolare profitto, tranne in francese, che, con inatteso talento per le lingue, imparò meglio delle sue compagne, anche di quelle notoriamente studiose e diligenti. Tuttavia, neppure questo piccolo merito scolastico le venne riconosciuto in famiglia, perché era sottinteso che si dovesse sapere il francese, in quanto tutti coloro che si ritenevano beneducati effettivamente lo parlavano.

Furono, invece, costantemente rimarcati i suoi scarsi risultati in matematica, in composizione, in calligrafia, geografia e storia, ma, anche, in ricamo e cucito, materie che Sofia detestava al pari del disegno, in quanto bisognose di dita pazienti e docili, che naturalmente non aveva. Coltivò dunque, con cura, il suo disgusto per quel tipo di lavori, tanto che anche in seguito, da moglie e madre di famiglia, fece sempre il possibile per non mettere mano ad ago e fili. Ripiegò invece – chissà se per vera vocazione o perché non ci fu modo di evitarlo, in quanto non si potevano ripudiare, come probabilmente avrebbe desiderato, tutte quante le faccende femminili – sulla maglia, alla quale si applicava con diligenza ma, anche, con infinita lentezza, impiegando mesi e mesi, a volte un anno intero, per terminare una maglia, con il risultato che, non raramente, il figlio al quale l'aveva destinata, nel frattempo era cresciuto troppo per poterla indossare.

Nella scuola delle suore, nonostante i voti modesti, fu, comunque, sempre promossa, sebbene più di una volta suo padre avesse raccomandato alla superiora di mostrarsi più severa e di bocciare, all'occorrenza, la sua "ignorante figliola".

«Le farà solo bene, reverenda sorella! Sarebbe la lezione giusta per correggere la sua terribile pigrizia!»

Ma la reverenda sorella rispondeva in modo non dissimile dal maestro Glaser, profondendosi in un sussurrio di frasi incompiute che, senza affermare nulla, dovevano rassicurare l'ottimo padre sulla buona disposizione d'animo dell'alunna, e sul fatto che le consorelle gli avrebbero un giorno restituito una figliola educata nell'anima e nella mente, per la consolazione di tutta la famiglia. Immancabilmente, alla fine, chiamava in causa lo Spirito Santo cui affidava, fiduciosa, alunne e insegnanti, il quale sarebbe disceso su di loro provvedendo a illuminarle nel faticoso studio. Al che, il papà, sia pure ben addentro alle cose di religione, non sapendo come comportarsi, sceglieva di fare un frettoloso segno della croce suggellato con un amen a mezza voce, come se fosse stato a una messa bassa, con pochi fedeli tra i banchi, e quei pochi svogliati nelle risposte al celebrante.

Seppur promossa, Sofia ebbe sempre su di sé la macchia di aver frequentato un liceo di secondo rango, senza latino e greco; e l'ombra si allargò il giorno in cui le sue sorelle, trionfalmente s'iscrissero a quello vero, nobile, frequentato quasi solo da maschi. E non c'era più nemmeno Ben per consolarla, l'amata Ben che per lei sarebbe entrata nel fuoco, che l'avrebbe rinfrancata assicurandole che era la bambina migliore del mondo.

Più di tanto, tuttavia, Sofia non si curava dei sarcasmi familiari, un po' per assuefazione e un po' perché non era del tipo delicato: non diceva mai "ahi", o "che male" per un colpo, un taglio, un morso di vespa, una scottatura, e partorì cinque figli, senza mai emettere un grido. E nemmeno le importava del gran freddo o del gran caldo, non temeva gli sbalzi di temperatura, i venti e le correnti, ma si limitava a dire: «Che bella giornata invernale, oggi». Allo stesso modo non si lamentava di grandi o piccoli guai, non si offendeva, non serbava rancore, dimenticava in fretta i torti ricevuti e i suoi bronci erano così brevi che a stento li si notava. E rimase così fino a tarda età.

Il fidanzato Sofia lo trovò ancora prima di finire la scuola e all'esame di maturità il suo nuovo status era già ufficiale, una ragione in più per indurre le monache a non mostrarsi troppo esigenti, ma, al contrario, di manica piuttosto ampia. Del resto, se anche l'avessero bocciata, come probabilmente si sarebbe meritata, non ci avrebbero comunque guadagnato niente: l'alunna se ne sarebbe infatti andata in ogni modo dalla scuola senza più tentare di ripetere l'anno. Perciò in giugno fu dichiarata matura e in luglio si sposò.

Dapprincipio Carlo lo aveva giudicato insopportabile. Troppo curato, troppo elegante, di un'eleganza un po' ricercata che nella sua famiglia, tra i suoi parenti e conoscenti, non era né diffusa né apprezzata. Per di più, aveva una particolare prontezza a prendere in giro i suoi interlocutori, a lasciar cadere qua e là dei commenti ironici, quando non sarcastici: pieno di sé, insomma e, come se non bastasse, proprietario di una fiammante automobile scoperta. Nulla a che vedere con l'austero profilo basso, di regola in casa sua. Soprattutto troppo vecchio per essere interessante, quindici anni più di lei, e preceduto dall'antipatica fama di donnaiolo. Non c'era, dunque, un solo motivo per il quale egli dovesse, neppure minimamente, piacerle. Lo "importò" la bizzarra zia Helene che, poveretta, andava già per i quaranta, e, malgrado fosse ancora assai bella, non era riuscita a trovare marito.

«Perché quello che aveva amato di più non aveva una lira e la dote non sarebbe bastata per due» aveva raccontato a Sofia la cuoca Louisette, in cucina, mentre, stringendo contro il vasto seno la ruota del pane nero (non più freschissimo!), con cautela ne tagliava le prime fettine. «Perciò è stata costretta a rinunciare, povera ragazza. E, negli anni, come possiamo vedere, si è anche incattivita. Per quanto un po' cattiva, un po' stramba lo sia stata da sempre, ed è anche per questo, probabilmente, che l'abbiamo ancora qui in casa, zitella!»

Di aspiranti alla sua mano, in verità ne erano arrivati più d'uno, ma o non le piacevano oppure c'era sempre stato un buon motivo per cui la famiglia si era sentita in dovere di porre il veto. Uno veniva da un oscuro buco di provincia, di origini modeste e con un nome impronunciabile: non all'altezza, dunque, della colta e raffinata zia, nonostante si capisse – dai regali dei quali la ricopriva – che i mezzi non gli mancavano. Un altro, che sarebbe stato perfetto in ogni senso, aveva già moglie, sia pure da anni rinchiusa in una clinica per malattie mentali, perciò non se ne poté fare niente, come anche per un terzo, particolarmente attraente, in quanto parente troppo stretto, cugino addirittura di primo grado dell'ardente zia.

«Ha sempre avuto la mano infelice, la nostra cara, sfortunata Helene» concludeva Louisette, non senza una certa nota di soddisfazione nella voce, dovuta probabilmente all'inconfutabile evidenza che anche ai signori la vita a volte va storta e che le dame eleganti e raffinate possono rimanere sole e zitelle esattamente come le cuoche ciccione e sudate, con l'odore di cipolla fritta nei vestiti e nei capelli, che mangiano le cosce di pollo con le mani, asciugandosele poi sul grembiule.

Ultimo arrivato della serie dei corteggiatori, ecco l'italiano Carlo, scovato chissà dove e giunto con la zia nella casa di campagna a bordo della famosa automobile lustra che, al passaggio, aveva fatto accorrere al completo i giovani del paese. Quando ne emerse, togliendosi la cuffia e gli occhiali, non degnò di uno sguardo la pur già piacevolmente formata Sofia che, esattamente come i ragazzi del paese, assieme alle sorelle piccole si era precipitata ad ammirare la lucente carrozzeria dell'auto azzurra.

Appena sbarcato, l'ospite si affrettò a rendere omaggio – in modo quasi troppo plateale, notò Sofia – ai genitori, in verità, un po' perplessi di fronte all'insolito personaggio. Insolito perché il mettersi in mostra con abiti eccentrici e automobili sgargianti era l'ultima delle loro aspirazioni, desiderosi com'erano di passare il più possibile inosservati: ragione per la quale Carlo fu considerato, almeno da principio, un giovanotto alla moda e, dunque, inevitabilmente, superficiale se non un poco sciocco. Giudizio che Sofia fu, ovviamente, pronta a condividere.

«Per il bene di Helene» fu tuttavia deciso di cercare di abituarsi al nuovo venuto, al suo aspetto e ai suoi modi «meridionali», come commentarono i padroni di casa, incapaci di definirlo con un termine più preciso. Per parte sua, il bel signore venuto dal Sud, fece, fin dal primo giorno, sfoggio di tutto il suo charme, riuscendo, visita dopo visita, a conquistare entrambi i genitori di Sofia, la mamma, va da sé, per prima, ma, sorprendentemente in fretta, anche l'austero papà.

Poi venne il momento in cui Carlo si accorse di Sofia, della nipote, cioè, della sua innamorata. Veramente non si sa bene quando e dove questo avvenne, perché lei fu sempre reticente in proposito. Né aiuta la versione ufficiale diffusa in seguito dalla famiglia, secondo la quale egli era stato solo un buon amico di antica data di Helene, e niente affatto un corteggiatore, tanto meno un aspirante fidanzato.

Fu dapprima l'euforia, per entrambi, di un gioco clandestino? Fu il piacevole sgomento di scoprirsi inaspettatamente complici? E in che modo lui le spiegò che c'era stato un cambiamento, che lei non doveva più considerarlo un innamorato di Helene, bensì di lei, Sofia? E, soprattutto, come avvenne che lei passò dall'antipatia forte, alla simpatia e poi all'attrazione, incurante del rimorso per il tradimento che commetteva nei confronti della un poco temuta però intelligente, divertente e, in modo alterno e lunatico, perfino affettuosa zia?

Di sicuro si sa soltanto che Helene, sebbene per certo mortificata, non lo diede a vedere e accettò – o sembrò accettare – quasi di buon grado la repentina trasformazione del suo aspirante fidanzato in aspirante nipote. Di sicuro c'è anche che, dopo di allora, moltiplicò il numero delle sigarette giornaliere, certe puzzolenti senza filtro che allineava appiattite nella bella scatolina d'argento, affondata, assieme all'accendino a benzina, nella tasca della giacca da uomo che sempre portava su gonne e vestiti, molto prima che diventasse di moda. Ma non pianse, non gridò, non insultò e neppure mai mostrò occhi arrossati da lacrime versate in segreto, nella sua stanza. La prese – o così parve – come si prende un vento avverso, al quale, però, si è già abituati da un pezzo. In un certo senso, si può dire che Sofia imparò dalla zia Helene quella noncuranza ai dolori, grandi e piccoli, quell'indifferenza, chissà quanto vera e quanto solo apparente, alle contrarietà. Anche se era stata proprio lei a procurargliene una assai forte e, chissà, forse definitiva.

La vita della zia, infatti, non cambiò più. Né più vennero altri corteggiatori o, perlomeno non se ne ebbe notizia. Viaggiò, è vero, più di prima, ma non giunse mai notizia di qualche accompagnatore che non fosse una parente o un'amica. Ed è innegabile che, con il tempo, si fece più amara, più aspra, più accanita su molte questioni, anche le più secondarie. I suoi capelli, da biondi lucidi che erano, non molti anni dopo divennero gialli e stopposi e la pelle del viso cominciò a essere segnata da una fittissima rete di rughe. Gialle, per il fumo, si fecero anche le dita e un po' adunche le unghie che prima erano state belle piatte, bianche e innocenti. Mise gli occhiali, con stanghette gialle, dello stesso colore dei capelli: per il molto leggere, diceva e, in effetti, stava sempre con un libro sotto il braccio. Forse, semplicemente, invecchiò: solo che il cambiamento fu attribuito, un po' da tutti, allo sfumare del suo ultimo fidanzamento e al matrimonio di Sofia.

Si erano parlate, si erano chiarite loro due, zia e nipote, oppure, ligie alla regola non scritta secondo la quale non è decoroso parlare di sentimenti, avevano fatto finta di nulla, come se tutto fosse normale, tutto nella regola e nessun commento necessario? Verosimilmente ne discussero molto le donne in cucina e verosimilmente, almeno una volta, anche i genitori nel chiuso del salottino che separava le loro due camere da letto. Ma è probabile che tra le principali interessate non sia caduta nemmeno una parola: tranne, forse, un misericordioso «Non ti preoccupare per me» regalato da Helene alla nipote, di sicuro almeno un po' imbarazzata per quella strana situazione.

Fu la cuoca Louisette – in fondo l'unica autorizzata a certi pronunciamenti – ad avere l'ultima parola sulla vicenda: «Evidentemente non era vero amore» affermò, spiccando la frase con lentezza e precisione, mentre si guardava solennemente intorno, come se fosse stata un'attrice che, sulla scena di un teatro, deve dire la sua fondamentale battuta conclusiva.

E tra Helene e Carlo c'era stata qualche spiegazione, oppure, terrorizzato da eventuali scene di pianto, lui non aveva detto una parola, affidando il messaggio al silenzio, alla ritrosia, al tempo sempre più scarso che le dedicava, alla fretta di avviarsi altrove nel caso fossero venuti a trovarsi da soli a tu per tu? Nel migliore dei casi, Carlo fece lo sforzo di scriverle un biglietto recapitato con la posta; nel peggiore, invece, volse la vicenda allo scherzo, liquidando Helene con ironia salottiera, tanto per chiarire che la storia non era mai andata al di là di un gioco. Sofia non riuscì a sapere come andò in verità perché, inconsapevolmente ligia agli usi di famiglia, non osò chiedere: tuttavia, più di una volta nel corso degli anni quel pensiero la tormentò e, nell'incertezza, in segreto si vergognò, in nome di lui.

Probabilmente fu abbastanza semplice per Carlo, con i suoi quasi trentacinque anni di buona e bella vita, conquistare Sofia, ignara di tutto, alla quale i genitori, in alleanza con le monache, a stento avevano permesso di fare da sola il tratto di strada tra casa e scuola. Né le periodiche ribellioni della ragazza, accompagnate da lacrime e strilli, erano riuscite a fare breccia nel rigore del papà o nella flemma della mamma. Alle sue richieste e proteste veniva, infatti, sempre opposta una sorta di compassata indifferenza, inducendola perciò a cercare comprensione in cucina, dove la furba Louisette, che, sia pure indegnamente – perché era fatta di tutt'altra pasta – aveva in qualche modo preso il posto dell'amata Ben, mentre concedeva un orecchio distratto a quegli sfoghi, non mancava mai di rabbonirla con la riserva dei suoi biscotti più fragranti.

E per Sofia, con la sua esuberanza, le sue risa e i pianti, con il suo gran corpo solido e i folti capelli a onde, non deve essere stato troppo difficile strappare Carlo dalle braccia della pur divertente e sarcastica Helene, dal bel viso affilato, con i chiari occhi obliqui e la sottilissima, quasi aguzza figura. È possibile che, a un certo punto, egli si sentisse più sicuro con la giovane nipote che non con la severa zia, notoriamente capace di giudicare – e squalificare – con uno sguardo. E magari riuscì all'improvviso a immaginarsela come in effetti diventò da vecchia, con la sigaretta sempre in bocca, le dita ingiallite e la voce roca, la faccia in mille pieghe e gli occhi miopissimi dietro le spesse lenti. E ancora, anche più di prima, capace di giudicare e squalificare con uno sguardo.

Già Carlo non sembrava più così stravagante come era parso al principio e tanto meno superficiale. Gli si scoprirono, invece, dei lati davvero positivi, come la conversazione brillante, il buon gusto, la solida pratica di chiesa nonché la capacità, all'occorrenza, di mostrarsi assai economo e, dunque, piacevolmente in linea con le tradizioni familiari. Di sentimenti, è più che probabile, non si parlò molto; per contro si cercò di sapere qualcosa sulle disponibilità del futuro genero: non perché la famiglia fosse smaniosa di abbondanti mezzi e di bella vita, ma perché era giusto interessarsi, almeno un poco, della situazione nella quale si sarebbe presto trovata la figlia.

«Una bella proprietà con giardino» fu riportato «e annessa della campagna coltivata.»

«Quante case?»

«Una.»

«Solo una!»

«E una fattoria con cantina.»

«Ah!»

Tutto in ordine, dunque, niente di eccessivo, però il sufficiente, così sembrava, il giusto per una giovane coppia. E fu allora che lo misero in guardia, avvisandolo che la ragazza aveva un brutto carattere, che era rimasta selvaggia, "con maniere da cucina". Carlo, tuttavia, non diede retta e spazzò via gli scrupoli del suocero. E intanto, ovunque andassero, i due fidanzati, sempre si sentivano dire: «Che bella coppia!», «Come state bene insieme!» E a Sofia, cugine e amiche ripetevano: «Che fortunata! Andrai a stare nel Sud, via da questo clima triste!», « E avrai bambini dagli occhi di carbone e dai riccioli scuri, non degli slavatini senza colori come i bambini viennesi». Lei sorrideva e non sapeva cosa rispondere: si specchiava nelle finestre, nelle porte a vetri e nelle vetrine in strada, per guardarsi ogni volta che poteva, per rendersi conto che era proprio lei la persona a cui succedevano tutte queste cose straordinarie e inaspettate, e le pareva di essere la più felice di tutte.

Le dispiacque molto, quando, in mezzo ai preparativi del matrimonio, in campagna morirono i due olmi all'imbocco del viale che partiva da casa. Da tempo qualche ramo si era seccato, ma quella primavera non spuntarono germogli e gli alberi continuarono a ergersi nudi e invernali contro il cielo. Vennero i boscaioli, con scale, corde, asce e seghe, e un grosso cavallo dalle pesanti zampe, e spiegarono che quello era l'anno della morte degli olmi, che se ne seccavano in tutto il Paese, forse in tutto il mondo, a causa di una minuscola farfallina che attaccava negli inverni tiepidi e uccideva gli alberi più vecchi.

Si arrampicarono, i boscaioli, segarono, tagliarono, e quando il tronco fu spoglio e minato alla base dalla gragnola dei colpi d'ascia, con una corda lo attaccarono al cavallo. «Hue!» sussurrò delicatamente uno di loro, tradendo la dolcezza della voce con un gran colpo di frusta che fece partire l'animale con un balzo. Sofia, che era rimasta a guardare tutto il tempo, s'immaginò che il tronco sarebbe caduto diritto sulla bestia, spaccandole la groppa, e gridò. Invece, il tronco precipitò di fianco, con precisione, su un letto di rami e frasche preparato per proteggere l'erba nuova del prato. In tre ore era tutto finito e rimasero solo i ceppi tagliati di umido legno rossastro, segnato di scuro, al centro, dal marciume che avanzava.

Quegli alberi Sofia li conosceva dalla nascita e la loro assenza stravolse la vista che, d'improvviso, le risultò estranea, dandole l'impressione di abitare in una casa diversa, sconosciuta, alla quale ebbe paura di non fare più in tempo ad abituarsi. Avrebbe portato con sé il ricordo della casa con gli olmi o senza gli olmi? E se avesse mantenuto il ricordo sbagliato? Quella morte inattesa, avvenuta in giardino, a poche settimane dalla sua partenza, le comunicò un'insolita ansia, simile a quella che si può provare sentendo una voce distante pronunciare delle parole che, nonostante gli sforzi, non si riescono a comprendere.

A maggiore ragione rimase colpita, quando, giunta nella nuova casa giù al Sud, per prima cosa vide nel giardino un largo ceppo umido e rossastro tagliato di fresco, a due passi dall'ingresso, segno che lì sorgeva un grande albero, custode che vigilava la porta. «È morto il nostro vecchio olmo» le fu detto «questo è l'anno della morte degli olmi. Non sa quant'era grande e maestoso! Colpa di una farfallina vorace, della quale non si sa perché venga e quando.» E per un attimo Sofia ebbe l'impressione che quella voce lontana che aveva inteso prima di partire le parlasse, invece, in una lingua nota, dicendo cose che riusciva a capire. Che la sua vita, per esempio, non sarebbe poi cambiata così tanto, e questo la consolava per un verso e per l'altro, invece no.

La consolava il pensiero che forse non avrebbe dovuto troppo a lungo fare a meno delle persone che, appena lasciate, già le mancavano, i genitori, le sorelle, la cuoca Louisette e anche la zia Helene; che magari, miracolosamente, avrebbe ritrovato perfino la sua amata Ben. Viceversa, non le piaceva per niente l'idea che tutto sarebbe continuato esattamente come prima, che non sarebbe cambiata mai la sua vita di ragazza che da sola non poteva decidere nulla, che a quasi vent'anni doveva chiedere, sempre chiedere, per qualsiasi cosa, per andare dalla pettinatrice, per comprarsi un paio di guanti, per studiare a casa di un'amica, per una gita di un giorno in compagnia.

E, in effetti, quasi subito Sofia ebbe l'impressione di aver trovato nella nuova casa, pur distante dall'altra più di mille chilometri, molto di quella vecchia. Non a causa del paesaggio – le montagne e i vigneti erano nuovi per lei e certi alberi come il gelso o il caco non li conosceva affatto – e neppure per le stanze, le sale e i saloni che, pur non essendo arredati in modo molto diverso da come era abituata, avevano, tuttavia, tutt'altra aria: più ornata, forse, più cittadina, sebbene fossero in campagna, con qualcosa di cerimonioso che l'altra casa non aveva. Ciò che a Sofia ricordò fortemente la vita di prima furono le persone e la loro tendenza a considerarla sovente una scolara da istruire e ammaestrare.

I suoceri e la cognata li aveva già conosciuti, ma, almeno i primi, sempre con la protezione di Carlo in mezzo, a far da divisorio, qualche volta anche da scudo. In passato, a Sofia era già capitato di sentire su di sé lo sguardo attento, se non pungente, della suocera, come anche di cogliere l'indifferente, rassegnata remissività del suocero, ma il tutto era rimasto fino allora abbastanza indecifrabile, avvolto nel lieto cerimoniale degli incontri familiari e della gioia per un matrimonio tanto bene assortito oltre che benedetto dalla simpatia e, addirittura, dall'affetto. Così, almeno, aveva sentito commentare il suo matrimonio da amici, parenti e conoscenti, tutti quanti ben attenti a non pronunciare mai la parola amore. (Soltanto la più piccola delle sorelle l'aveva raggiunta in camera una mattina per porle la domanda impronunciabile. «Sei innamorata di lui? E lui è innamorato di te? Lo sai? Sei sicura? Come si capisce quando si è innamorati? E i baci, ve li siete dati? Tanti? Mi fai vedere come si fa? Per favore!»)

Della cognata Diana, dai capelli già quasi tutti bianchi a trent'anni appena, aveva un po' paura: perché le era parsa austera, seria, pia, e in devota, quasi gelosa ammirazione di Carlo, tanto che, difficilmente, una infantile e impreparata moglie, come sempre si era sentita definire Sofia, poteva incontrare la sua approvazione. In più, aveva due piccoli figli biondi, così contegnosi e educati da metterle soggezione: mai in disordine, mai sporchi nonostante gli abitini bianchi che indossavano tutti i giorni, non soltanto nelle feste. Bambinaie e cameriere veneravano la loro madre che aveva il dono di saperle trattare con apparente, premuroso affetto e reale, profondissimo distacco, un po' come faceva mamma sua. Ma poiché di quando in quando Diana scoppiava in imprevedibili, un po' pazze risate per cause di solito misteriose, confidava che la paura sarebbe passata e che magari si sarebbero intese.

Sebbene meno aspra e infinitamente più pia – la zia andava a messa, è vero, perché non andarci sarebbe stato uno scandalo, ma senza aprire il messale, senza inginocchiarsi, senza recitare nemmeno una preghiera e senza andare mai alla Comunione – la cognata le ricordava, per qualche verso, la bizzarra Helene: in particolare per quell'aria di leggera, segreta ma intangibile superiorità, che nessuna sconfitta, reale o apparente, riusciva a scalfire.

Con il tempo, Sofia e sua cognata andarono in effetti abbastanza d'accordo, grazie a un sorta di circospetta cautela alla quale la più giovane improntò i rapporti con la più anziana. Si mostrò docile nei suoi confronti, arrendevole quasi, bendisposta a ogni suo eventuale comando o desiderio. E per quanto riguardava le istruzioni di casa, Diana non gliene faceva mancare.

«Noi apparecchiavamo la tavola così, con le posate girate in modo che si veda il monogramma.» «Le carpe in casa nostra non le mangia nessuno e scordati le vostre minestrine farinose: a noi piacciono la pasta e la polenta, specialmente a Carlo.» «Gli asciugamani noi li pieghiamo in tre e li teniamo nel piano basso dell'armadio perché servono più di frequente delle lenzuola. E quelli freschi di bucato vanno sempre messi al fondo della pila, per consumarli tutti allo stesso modo.» «Nel cassetto di ogni comodino da notte noi ci teniamo una candela e dei fiammiferi, per quando va via la luce.» «In estate le persiane noi le teniamo semichiuse, per via del caldo e della luce che rovina i quadri e le stoffe.»

Una litania lunga recitava Diana, in occasione di ogni sua visita, regina spodestata ma non vinta, che ancora non vuole abbandonare il comando sulla sua casa, dove ha vissuto più di vent'anni, alla giovane usurpatrice appena giunta che nulla sa, nulla conosce e, soprattutto, nulla ancora ama di quelle stanze e di quegli armadi: un'estranea alla quale i mobili e i soprammobili, le tende, i tappeti e le biancherie non dicono niente, cose fredde per lei, senz'anima né storia.

Sofia a volte obbediva, più spesso faceva di testa sua, dando modo a sua cognata di esclamare, con una certa amara, trionfante soddisfazione: «Una volta non si faceva così! Una volta le cose andavano in tutt'altro modo in questa casa!».

Nel tempo, quando la nuova vita si assestò dentro i suoi binari, e sembrarono assorbite le piccole scaramucce iniziali, qualcosa di impercettibile e di non detto rimase, comunque, a opporre le due cognate, e cioè il sospetto, l'impressione che, in fondo, Diana pretendesse di amare Carlo più di quanto non lo amasse Sofia. Ne parlava, infatti, con infinita tenerezza, lo difendeva anche quando sembrava indifendibile e quando lui le dedicava attenzione, lei gli si rivolgeva con un sorriso incantevole, rapito, da innamorata, appunto. E se mai negli anni Sofia osò accennare, qualche volta, a certi suoi disappunti, a certe sopraggiunte disillusioni matrimoniali, veniva subito zittita, fulminata con uno sguardo, eventualmente anche rimproverata. Regina spodestata della casa, ma non del cuore di suo fratello, era Diana.

Per parte loro, i genitori di Carlo non solo cedettero ai giovani sposi – come da tradizione della casa – la grande camera da letto che dava sul giardino, ritirandosi al piano di sopra in una più modesta e appartata che di solito serviva per gli ospiti, ma lasciarono loro anche il posto a capotavola in sala da pranzo: la suocera si sedette modestamente alla destra di suo figlio, il suocero alla destra della nuora diciannovenne, spaesata, impreparata alle difficili conversazioni con il poco loquace e già un po' anziano signore. Né il posto a letto né quello a tavola fecero, però, sentire Sofia padrona di casa e, anzi, quel ruolo che le veniva simbolicamente attribuito altro non le sembrò se non una finzione, più imbarazzante, in fondo, di un onesto, realistico obbligo di sottomissione.

«Mia cara» le disse sua suocera a pochi giorni dal suo arrivo «non ti curare di me e fai tutto come sembra giusto a te: naturalmente sarò qui se hai bisogno di consigli, ma le decisioni ormai le devi prendere tu.»

«Io però preferirei che ogni cosa continuasse come prima, non so, farei tutto peggio, ho paura, la casa è grande, non conosco le persone che lavorano qui, non so come siete abituati...» cercò di salvarsi Sofia.

«Ti ho detto, mia cara, che potrai rivolgerti sempre a me, e poi, ho ben visto come da voi tutto era ben curato e in ordine! Devo dedurre che hai avuto una buona scuola.»

Sofia, in verità, di scuola, in questo senso ne aveva avuta poca, imparando ancora meno, a causa del suo scarso interesse per le cure della casa. Aveva, sì, passato numerose ore in cucina, ma per sua golosità e per chiacchierare delle segrete cose della vita, non certo per ascoltare lezioni di economia domestica. Spaventata, constatava, perciò, ora, che c'era una falla nella sua educazione, un vuoto che nessuno si era seriamente preoccupato di riempire: un po' come era successo per l'assenza del latino e del greco dal suo curriculum scolastico. In realtà, la mamma e la zia Helene qualche tentativo l'avevano fatto, nei mesi prima del matrimonio, per istruirla nell'arte della conduzione casalinga, però avevano presto desistito, per la sua scarsa applicazione e la conseguente loro poca resistenza.

Più di tanto, tuttavia, Sofia non ebbe da temere, perché fu presto chiaro che, in realtà, la suocera non aveva nessuna intenzione di cedere sul serio le redini della casa, avendo rapidamente potuto constatare le incertezze della nuora. La padrona dei luoghi rimase, dunque, Marianna. E, accanto a lei padrone era senza dubbio Carlo. Insieme i due amministravano, discutevano, ordinavano, decidevano, quasi sempre in un perfetto accordo che escludeva, per un verso suo suocero Tonio, mite e assente, immerso nelle sue letture e orazioni, e per l'altro lei stessa, dopo pochi mesi classificata anche dalla sua nuova famiglia come "immatura", secondo quanto, più di una volta, Sofia aveva potuto dedurre sia dai rimproveri del marito sia da certe osservazioni, appena sussurrate, della suocera.

Non che a lei importasse di essere considerata immatura, ma le dispiaceva il tono di disappunto che vi sentiva. Si rammaricava del fatto che, indirettamente, responsabili di questa sua mancanza risultassero gli amati genitori che, nella distanza, ricordava affettuosi e teneri come non le erano parsi prima, quando ancora vivevano insieme sotto lo stesso tetto.

Del giorno del suo arrivo nella nuova casa, oltre all'impressione per il ceppo dell'olmo abbattuto di fresco, conservava il ricordo del personale schierato ai piedi delle scale per accogliere la giovane coppia. Per scrutare, in effetti, più che accogliere, era sembrato a Sofia: scrutare lei, naturalmente, visto che Carlo già lo conoscevano. In particolare, non avrebbe dimenticato la faccia di Bianca, la cameriera, che, secondo quanto apprese nel tempo, conosceva la casa più dei padroni e più di loro ne era gelosa, in nome di una sorta di usucapione con la quale, grazie all'annosa permanenza nel luogo, si era attribuita la proprietà morale di ogni stanza, di ogni arredo, di ogni oggetto. E il fatto di prendersene cura, di pulire, spolverare e lucidare tutto quanto con impegno costante, incrementava, naturalmente, il suo diritto di sentirsene la più intima conoscitrice e la migliore custode se non proprio la legittima padrona.

Aveva assunto un'aria – quando Sofia le si era rivolta – di gran dama decaduta costretta ad andare a servizio da persone di scarsa levatura. Con stiracchiata condiscendenza aveva risposto al suo saluto, senza mai toglierle gli occhi di dosso, scuri, fissi, già nemici. Tutt'altra espressione, di assoluta, fiera dedizione, di letizia, quasi, inalberava, invece, quando le si rivolgeva Marianna. A una riservava, insomma, un viso chiuso, mai rischiarato dal sorriso e all'altra un atteggiamento di sollecita sottomissione. Voce con un sottofondo di costante rimprovero per Sofia, tono soave, premuroso, mansueto, per Marianna. E, ovviamente, anche per la perfettissima cognata Diana.

Fu una delle sue croci la cara Bianca, in qualche caso addirittura Bianchina, come, con dolcezza la chiamavano i suoceri. La terribile, falsissima Bianca, come, invece, in cuor suo, l'aveva battezzata lei. Mai le venne in soccorso, nei tanti anni che trascorsero nella stessa casa, nemmeno con una mezza parola, con un piccolo gesto, e determinante fu probabilmente il suo atteggiamento nel far ricadere su di lei l'intera responsabilità dell'accadimento che le cambiò la vita.

Non ci fu verso di farsi amare dall'antica cameriera la quale, da prima di conoscerla, aveva deciso che la nuova venuta – una straniera di diciannove anni senza vera educazione! – non andava bene né come moglie di Carlo, il giovane principe del luogo, né come nuova padrona di casa. E nulla avrebbe potuto fare Sofia per modificare quel giudizio che portava scritto in faccia fin dal primo giorno. Nemmeno con il tempo riuscì a conquistarla, poiché, evidentemente, ogni suo comportamento, ogni sua parola non facevano che confermare il disgusto di Bianca.

A Sofia, che sapeva resistere al dispiacere, più di una volta venne da piangere per il trattamento che le riservava la cameriera. Ingoiava, allora, lacrime di rabbia che facilmente si trasformavano in lacrime di nostalgia: per la sua casa, la sua famiglia e perfino per la furba Louisette, anch'essa diventata, nel ricordo, assai più amabile e affettuosa di quanto non fosse stata in verità. E poiché la memoria della cuoca era inscindibile da quella delle sue leccornie, ecco che anche di quelle improvvisamente, Sofia, sentiva, acuta, la mancanza. Nella nuova casa nessuno sapeva preparare, anzi, nemmeno li conoscevano, per esempio, certi delicati dolcetti di nocciole. Oppure gli gnocchi caldi e dolci ripieni di prugne o albicocche. Cucinavano altre buone cose, è vero, ma ci volle tempo perché le diventassero familiari e, comunque, non cancellarono mai del tutto il rimpianto per quegli amati cibi dell'infanzia che, più di ogni altra cosa, riuscivano a farla sentire al riparo, come quando era piccola, quando ancora non sapeva nulla di quanto accadesse fuori dalla porta.

Da principio, qualche volta, Sofia pensò di cercare riparo dalla bisbetica cameriera presso suo marito, ma lui rideva oppure s'innervosiva: «Cosa t'importa degli sguardi storti di una domestica? Non vedi che è solo un'anziana donna un po' bizzosa che si dà importanza perché sta qui da una vita? Ha i suoi cattivi umori, ma è brava, affezionata, fedele come nessun'altra. Non posso credere che hai dei problemi con una vecchietta della quale nessuno ha mai avuto da ridire. Basta prenderla per il verso giusto, farle due moine».

Sofia ci provò, ma senza grande successo, perciò finì per arrendersi, per abituarsi, anzi, ai brutti modi di Bianca. Del resto, sua suocera stravedeva per lei, concedendole, per esempio di accompagnarla sottobraccio in chiesa la domenica, e lasciando che le si sedesse vicina nel banco, come un'amica cara; oppure di scambiare pareri con lei parlando fitto nella sua stanza, o anche di passeggiare in paese, fermandosi davanti alla vetrina di qualche negozio per commentare confidenzialmente la merce esposta.

Le arie della cameriera sembrarono cambiare quando cominciarono a nascere i bambini. Ma la nuova benevolenza non andò molto oltre la venuta al mondo dei primi due. Due figli soli aveva, infatti, avuto Marianna, la sua vera signora, e quella doveva essere la regola perfetta. Due anche Diana, la sua rispettatissima figlia. Non cinque, come i conigli, senza un pensiero per lo scompiglio che avrebbero creato in casa, per l'aumento del lavoro del personale! E se, finché i bambini furono molto piccoli, Bianca allungava ogni tanto la mano per una carezza accompagnata da un sorriso vero, appena furono un po' più cresciuti, li trovò viziati, chiassosi e maleducati, niente a che vedere con il comportamento specchiato dei "suoi" bambini, il piccolo principe Carlo e la deliziosa, ordinata Diana, nonché i suoi biondi ed eleganti eredi.

Prima però venne la sventura, inattesa, che squassò la vita quando ancora, nonostante la casa nuova, nonostante l'estraneità dei luoghi, nonostante la freddezza della suocera e i mali modi di Bianca, si trovava nel suo tempo più felice. Era nato, infatti, un anno dopo il suo arrivo, il primo figlio, roseo e gioviale, con profumo tenero di bambino piccolo, tanto che in continuazione lo teneva in braccio, anche quando aveva già smesso di allattarlo, a sei o sette o forse otto mesi. E anche Carlo, almeno in quello, si rivelò essere somigliante a lei, giocoso come non l'avrebbe immaginato, che ora lo gettava in alto, ora lo solleticava con i baffi per farlo ridere, ora se lo mangiava di baci. Scomposto quasi, per causa del bambino, lui che era sempre in massimo ordine, ravviato e vestito senza una piega né una macchiolina.

Quando rientrava a casa dal lavoro, due volte al giorno, per prima cosa andava a vedere la culla e se il piccolo non dormiva, se lo prendeva in braccio, faceva le facce buffe per divertirlo, coprendolo di moine al minimo, esitante sorriso. Tanto che suo padre, il timido, silenzioso e sempre un poco spaventato Tonio, trovò giusto rimproverarlo per quelle "smancerie", come definì le tenerezze di Carlo per il figliolino.

«Non si fa, così si guasta il bambino, lo si vizia! Ci vuole più contegno, soprattutto da parte del papà» disse d'un fiato, a bassa voce leggermente irritata, un poco tremolante. «I bambini non dovrebbero stare sempre con i genitori, ma con la governante. Di questo passo finirà che ve lo porterete a dormire con voi nel letto, come un gatto o un cagnolino.»

Sofia non disse nulla ma fra sé pensò al vecchio cane che aveva il permesso di accomodarsi sui divani e le poltrone del salotto e che, con tutta probabilità, i suoceri lasciavano, di notte, salire su uno dei loro letti, naturalmente in camere separate. Uso che Marianna, con il pretesto dell'igiene e del bisogno di sonno di suo figlio, nonché della maggiore semplicità di rifare un letto singolo, aveva cercato di imporre anche a loro due, a Carlo e a lei, che, invece, avevano deciso di dormire non solo nella stessa stanza ma anche nello stesso letto.

«Come se non si sapesse che si tratta di un'abitudine niente affatto salutare!» aveva, a suo tempo, obbiettato Marianna, leggermente arrossata in volto, chissà se per l'imbarazzo di dover affrontare simili argomenti o per il fastidio di essere disobbedita.

La volta delle "smancerie" – Sofia lo notò bene – Carlo s'infuriò per il commento del padre, però non disse nulla e continuò a correre dal figlio, non appena metteva piede in casa. Né si lasciò guastare il buonumore e la fierezza che comprendevano anche lei, meritevole di aver messo al mondo l'incantevole bambino. Di tenerezze in soprannumero ne toccarono, dunque, non solo al piccolo ma anche a Sofia, ripristinando la confidenza che c'era stata da principio, ma che dopo l'arrivo nella nuova casa sembrava smarrita nel leggero gelo emanato da Marianna, nella perenne aria offesa di Bianca, nel silenzioso distacco di Tonio, nonché nella diversità delle stanze, dell'atmosfera della casa, della vista dalle finestre, degli odori e dei sapori e della lingua. Tornò a ripeterle, Carlo, quella frase che l'aveva conquistata dal principio e in nome della quale – pur di sentirla di nuovo pronunciare – sopportò, più, tardi, molte cose: «È da tanto che non ve lo dico, ma mi siete molto cara».

E non solo le parole trovava irresistibili, Sofia, ma anche quel voi, forma rara delle grande occasioni, che le sembrava dare forza e solennità al discorso.

Era l'estate, la seconda estate dal matrimonio e, nel dopopranzo di una giornata limpida, Sofia aveva portato il bambino in giardino a giocare sulla coperta stesa nel prato, e gli stava seduta vicina, con le gambe nude allungate nell'erba e le maniche arrotolate perché la pelle ancora pallida prendesse un po' di sole. Le pareva magnifico quel caldo, già in giugno, quando su al Nord, a casa sua, di solito ancora imperversavano le piogge e il termometro poteva scendere verso i quindici gradi, o anche sotto.

Si muoveva veloce il piccolino, da un confine all'altro della coperta, maneggiava curioso la conchiglia vuota di una lumaca che aveva trovato nell'erba facendo piccoli versi da bambino allegro che si meraviglia ad ascoltare il suo proprio eloquio e poi ne ride. Avanti e indietro a cercare piccoli tesori, una conchiglia, appunto, una pietruzza, un ramoscello, una foglia che poi accumulava in grembo alla mamma. Carezzandogli la testa Sofia lo sentì caldo e un po' sudato, perciò lo spogliò lasciandogli addosso soltanto la piccola canottiera. Il che lo fece ridere di gusto.

Prima di uscire per andare al lavoro passò Carlo a salutarli e si raccomandò: «C'è troppo sole, è meglio se gli metti il cappellino!».

«Ma un po' di caldo può fargli solo bene dopo tanti giorni umidi. Non s'è mai sentito dire che il sole di giugno faccia male ai bambini!»

«Al tuo paese forse, ma qui da noi può, invece, fare molto male. Non senti come punge? Stai attenta, il bambino può prendersi un'insolazione.»

Si infastidì, Sofia, per l'interruzione del bel pomeriggio e perché non aveva voglia di salire i due piani della casa per prendere il cappellino di piquet bianco del piccolo, allineato nel cassettone assieme agli altri suoi minuscoli abiti. Né vedeva qualcuno lì vicino, il giardiniere, il cameriere, la cuoca, magari Bianca, che potessero fare la commissione al posto suo.

«Devi sempre comandare, tu, anche intorno a cose di cui non sai» esclamò nell'irritazione, ben sapendo di stare esagerando, però incapace di trattenersi. E aggiunse: «Vai a prenderlo tu il cappellino, allora».

Carlo trasse dalla tasca il suo grande fazzoletto bianco, fece quattro nodi agli angoli e lo posò sulla testa del bambino, cercando di farlo aderire bene, basso sulla fronte, e ancora si raccomandò: «Stai attenta che se lo tenga in testa!» e, dopo molti baci al figlio, se ne andò.

Non passarono più di due minuti che il bambino si tolse, raggiante, il fazzoletto e, poiché la mamma glielo risistemò, levarselo di nuovo ogni volta divenne un gioco che andò avanti per quattro, cinque, sei o anche sette volte, finché Sofia non se ne stancò lasciando cadere il copricapo. Fece tuttavia lo sforzo di alzarsi per cercare un posto meno caldo, all'ombra di un albero, dove però trovò il prato ancora leggermente bagnato dalla pioggia recente e, abituata alle temperature di casa sua, giudicò l'umidità più pericolosa del sole per il bambino. Ci sarebbe voluta un'incerata, ma chi aveva voglia di salire a prenderla su al secondo piano?

Sofia tornò, dunque, al suo posto, sdraiata con le gambe al sole, gli occhi chiusi e l'orecchio teso ai cinguettii del figlio. E non sapeva che sarebbe stata l'ultima volta che li ascoltava. Più tardi scrisse queste cose, per non dimenticare nemmeno un dettaglio, lei che non amava tanto prendere in mano penna e carta, e che, a voce, in modo così preciso, non riuscì mai a raccontarle, benché l'avessero costretta a ripetere decine e decine di volte cosa fosse successo quel pomeriggio.

Sonnecchiò anche un poco, non più di dieci minuti, avrebbe giurato lei, ma guardando l'orologio vide che ne erano passati più di venti, e quando si rimise a sedere si sentì calda in faccia. Vide il bimbo abbandonato sul fianco, in silenzio, non assopito, ma stanco e, prendendolo in braccio, sentì che anche lui era caldo in viso e stranamente rigido nelle membra che conosceva così morbide. Pensò all'insolazione preannunciata da Carlo ed ebbe un po' paura, ma più di una mezz'ora non poteva essere passata da quando lui le aveva fatto le sue raccomandazioni. E trenta minuti di sole non s'è mai sentito che facciano tanto male!

Raccolse la coperta e si affrettò in casa per coricare il bambino nella culla, non senza avergli prima passato su tutto il corpo un panno inumidito d'acqua fredda. Gli pose anche sulla fronte una garza bagnata, ma era piagnucoloso e continuò a togliersela nonostante lei insistesse – stavolta con ostinazione – a rimetterlo a posto. La sera aveva trentanove di febbre, ma cosa sono trentanove gradi per i bambini piccoli? Più di tanto, dunque, non ci si preoccupò: era il colpo di sole, temuto e vanamente annunciato, ma sarebbe passato in una settimana. Il giorno dopo, però, la febbre era salita a quaranta, quasi quaranta e mezzo e il bimbo era sempre più silenzioso, piagnucolava appena e la paura assalì tutti quanti.

Venne il medico, guardò il malato da ogni parte, auscultò, scrutò negli occhi, nelle orecchie, in gola ma non disse niente o quasi niente. Ritornò il giorno dopo – forse nel frattempo aveva consultato certi suoi libri – e spiegò che era meningite e che era grave. Sofia si era portata la culla in camera di modo da averla vicina sempre, di giorno e di notte, e non parlava con nessuno. Attorno a sé ascoltava bisbigliare: sua suocera con Bianca, Bianca con sua suocera, Bianca con l'altra cameriera, Bianca a volte perfino con Tonio. E lei, sebbene avesse tutt'altro da pensare, riusciva quasi a veder scorrere il veleno delle sue parole.

Taceva anche Carlo, ma a Sofia non sfuggivano le frasi che aveva in mente e in bocca: «È tutta colpa tua, ti avevo detto di coprirgli la testa, te l'avevo ripetuto e tu non te ne sei curata. Hai fatto ammalare mio figlio per tua noncuranza, per la tua pigrizia e testardaggine. Non te lo potrò perdonare mai».

Rosso in faccia e così caldo era il bambino che le pezzoline fredde s'intiepidivano subito. Invano la sua mamma gli allungava un dito per sollecitare ad afferrarlo con le manine e tenerlo stretto, come sempre faceva: lui non reagiva, come se nemmeno se ne accorgesse. Teneva gli occhi chiusi, gonfio e spossato, povero piccolo, e già respirava a fatica. Morì dopo quattro giorni, perché per la meningite non c'era cura, allora, e non servirono né i pianti né le preghiere di tutti gli abitanti della casa.

Quando successe, Sofia non osò prenderlo in braccio, come se non fosse più degna di toccarlo, di tenerselo vicino, e si sentì orfana, anche se una madre che ha perso il figlio non si chiama così. Ci fu silenzio intorno, ma a lei non sembrò un silenzio di raccoglimento che, magari, avrebbe potuto consolare un poco. O, almeno, non soltanto. Le sembrò, soprattutto, un gelido silenzio punitivo che la fece sentire perduta, abbandonata, smarrita in un paese straniero, senza nessuno contro il quale poter appoggiare la fronte e parlare e piangere.

Durò per settimane o mesi il silenzio. Sofia se ne sentiva avvolta e isolata, lei cattiva, lei crudele, lei incurante della salute del figlio. Non le era quasi nemmeno permesso piangere, perché sarebbero sembrate lacrime di coccodrillo, le sue, ridicole o finte, mentre tutti gli altri potevano, ne avevano ampio diritto e piangevano, eccome piangevano. Lei non sapeva dove nascondersi, dove sparire per non dare fastidio con la sua presenza: avrebbe voluto morire, come lo desiderano i bambini messi in castigo, per indurre al rimorso e alla disperazione chi quella punizione aveva assegnato.

Non c'era, Carlo, per lei, in quelle settimane e mesi. C'era, ma non c'era, scuro e chiuso, verso di lei, in colloquio solo con i suoi genitori. Loro tre, insieme, nella fraternità dell'affetto, e lei da sola, fuori, esclusa, al gelo anche se era l'estate calda e poi l'autunno tiepido. Innumerevoli volte, ben oltre i primi tempi del lutto, Sofia s'immaginò di avere di nuovo il bambino al collo, la sua bella testa tonda e bionda appoggiata nell'incavo della spalla, quel suo peso morbido e dolce sul braccio, mentre con una mano gli toccava i piedini nudi, gli contava le minuscole dita regolari, respirando ancora quel suo odore pulito e tiepido e indimenticabile.

Guardava le sue foto, e come le guardava, ipnotizzata, fino a quando le sembrava che prendessero vita, che il figlio sorridesse, che muovesse un poco la manina nella sua direzione. Raccolse tutte quelle che aveva e rimpianse che non fossero di più, che non ce ne fosse una per ogni suo sorriso o pianto, per ogni istante della sua giornata. Le mise tutte in un cassetto suo, di un tavolino, dove, a volte, stava seduta anche molte ore di seguito. In giro non ne volle, in camera e nei salotti, perché ci si sarebbe abituati a guardarlo ogni giorno fino a quando sarebbe diventato una figura indifferente, non più l'amatissimo figlio perduto, ma un bel bambino sorridente qualunque, che un tempo si era conosciuto: però di carta, di fotografia, non di carne viva e calda come era stato lui. Questo glielo permisero, in famiglia, senza contestarle la stravaganza.

Stava chiusa il più possibile nella sua stanza, per non incontrare nessuno, non Bianca, con la sua arcigna faccia di pietra, ora autorizzata a non tentare più nemmeno un sorrisetto falso, non sua suocera con l'espressione assente di Madonna addolorata, non Tonio – sì, perfino lui che aveva rimproverato i due genitori per le troppe carezze dedicate al bambino, ora girava per casa con gli occhi smarriti dietro gli occhiali da presbite. E neanche Carlo voleva incontrare, il cui dolore, aggiunto al suo, non riusciva a sopportare: una pastiglia gli avrebbe voluto procurare che gli togliesse il male e lo lasciasse dormire, per non doverlo sentire immobile e rigido nel letto accanto a sé, silenzioso e sveglio fino quasi al mattino, e che la disperazione fosse riservata soltanto a lei, che se la meritava, giorno e notte se la meritava.

Erano venuti i suoi genitori per il funerale, ed era stata la loro prima visita nella sua casa di moglie. Ma stettero quasi più in compagnia dei suoceri che con lei, in buon accordo di conversazione con loro, per passeggiate e visite in chiesa congiunti, come per scusarsi presso Marianna e Tonio delle colpe di lei e, dunque, delle loro, per non averla saputa educare come si deve. Non che per questo fosse stata meno felice di vederli, ma, più di qualche buona parola, che accennava alla cristiana rassegnazione, non ebbe. Durante la cerimonia in chiesa vide che anche i suoi genitori avevano gli occhi arrossati ma, nel complesso, ebbe l'impressione che considerassero la perdita del primo nipote una specie di triste fatalità da mettere in conto, quasi, visto che era facile, al tempo, che i bambini piccoli morissero. Però facile non era – tormentandosi si ripeteva Sofia. E che succedesse per trascuratezza e pigrizia della loro mamma.

Venne anche sua cognata Diana che, ricordandole zia Helene, le era benvenuta e familiare, ma naturalmente visitava prima di tutto suo fratello, mostrandogli sollecitudine e affetto quanto una vera moglie. Stavolta, però, Sofia non se ne dispiacque e, al contrario, gliene fu grata: visto che a lei era vietato, c'era qualcuno che si prendeva cura di lui al posto suo. E, anzi, cercò di imparare da Diana, di modo che un giorno, quando le fosse di nuovo stato permesso, avrebbe trovato i modi e le parole giuste. Tuttavia, anche lei le parve rassegnata al fatto che un bambino bellissimo e dolce potesse morire nel giro di una settimana, per un poco di sole di giugno: non scandalizzata, non disperata.

Aveva ventun anni, Sofia, e nessuno le disse che la meningite non ha bisogno del sole o del caldo per portarsi via un bambino. E sebbene negli anni finì per apprenderlo da qualche giornale o libro – perché da allora in poi lesse quasi tutto quello che trovava riguardo alle malattie che portano via i bambini – mai davvero si convinse che non era stata colpa sua, che il figlio non era morto a causa della sua pigrizia e testardaggine. Né le fu difficile continuare a credere alla propria colpevolezza, perché se anche avesse voluto, non le fu permesso di dimenticare mai del tutto e l'incidente le venne rammentato per molti anni, sia pure in modo che lei sola potesse capire, giusto una parola o un'occhiata gettate lì. Però, in qualche occasione di forte rabbia, anche con violenza: «Hai fatto morire il bambino!».

A mano a mano che passò il tempo e nacquero gli altri figli la famiglia si rasserenò, e Sofia ne ebbe ogni volta felicità grande. Ma ogni sera e ogni mattina, per tutti i giorni che le rimasero, apriva la scatoletta d'argento che teneva sul comodino dove, avvolto in un pezzettino di carta velina stropicciata, c'era il ricciolo biondo di quel suo primo bambino, conservato dall'unico taglio di capelli fatto nella sua breve vita. In altre scatoline ripose poi, via via, una ciocca degli altri, nati dopo, tagliata sempre alla stessa età, e di tanto in tanto sfiorava anche quelle, morbide e adorabili a loro volta, ma nessuna le fu mai altrettanto cara, altrettanto preziosa.

E, anche quando tutto fu passato, quando il dolore per la disgrazia, per l'accadimento, per il fatto – come con il tempo ci si riferì alla morte del bambino – fu guarito e i giorni scorsero di nuovo tranquilli, qualcosa rimase e non soltanto il rimpianto suo, inguaribile, rinnovato ogni sera al momento di sfiorare il ricciolo biondo. Rimase l'atteggiamento di Carlo nei suoi confronti, confermato da allora, allineato con quello dei suoceri, dei genitori, di Bianca e di tutti gli altri, per cui ai suoi occhi Sofia si fissò in una condizione di immodificabile minore età e inguaribile infantilismo. Nei suoi confronti egli si mostrò, dunque, paterno e amabilmente protettivo nei tempi felici, e in quelli normali o, peggio, infelici, vagamente dispotico e impaziente, comunque raramente davvero attento alle sue parole, alle sue opinioni.

Prima però ci fu la guerra, preannunciata, sì, dalla radio, dai giornali, dai discorsi di chi sapeva sempre tutto, da certe ansiose conversazioni casalinghe, ma Sofia non se ne era veramente resa conto, forse perché, ancora immersa nel dolore, le notizie le giungevano come affievolite, simili al racconto di un vecchio zio noioso che ci si ferma ad ascoltare distrattamente. Perciò successe che da un giorno all'altro si ritrovò sola, o quasi, nella grande casa, e le mancavano tre anni per compierne venticinque. Aveva giusto cominciato a ragionare sull'imminente avvenimento, sulle notizie confuse e allarmanti che, in verità, da mesi ormai le giungevano dai genitori e dalle sorelle, quando Carlo fu richiamato e, dopo aver cercato di disporre, assieme a lei, in fretta e furia il da farsi, era già partito: l'ultima impressione che Sofia ne ebbe fu la sua eleganza nell'uniforme sconosciuta.

Subito dopo si sentì come chi è rimasto con la parola in bocca, con una frase importante che non è riuscito a pronunciare in tempo. Numerose, infatti, sarebbero state le cose ancora da dire, riguardo alla casa e ai campi dei quali lei sapeva così poco, ma anche dell'altro, intorno a loro due. Dalla guerra si può anche non tornare, o tornare feriti o a pezzi, pensò confusamente Sofia, e dunque sarebbe stato permesso e giusto ripetere a Carlo parole, frasi che, in genere, lui non era tanto disposto ad ascoltare e, tanto meno, a pronunciare. Gliele avrebbe scritte quelle cose rimaste in sospeso, si ripromise con forza, pur sapendo bene che con lettere e cartoline non era molto solerte.

Anche Marianna e Tonio se ne erano andati quasi prima che se ne rendesse conto, sfollati al sicuro in una villeggiatura di montagna, su preciso ordine di Carlo. In verità, egli aveva cercato di convincere anche lei a seguirli, ma non ci fu verso. Si era ostinata, Sofia, un po' perché temeva l'obbligata intimità con i suoceri, oltretutto accompagnati da Bianca, un po' perché voleva dimostrare a tutti, genitori, suoceri, marito, sorelle e anche cameriere, che non era una bambina, ma un'adulta capace di vegliare sulla sua casa, sul giardino, su mobili e soprammobili senza l'aiuto di nessuno. Doveva essere il suo modo di riscattarsi.

Prima di partire Carlo le aveva lasciato il suo fucile da caccia, che lei sistemò dietro la grande stufa di ceramica verde, vicino al letto. «Per la notte» aveva detto, senza spiegare altro, né come usarlo né contro chi. E, dunque, Sofia dormiva con lo schioppo, a pochi metri, senza, tuttavia, mai chiarirsi sul serio in che modo avrebbe potuto servirsene, come maneggiarlo, come caricarlo. Per fortuna una sola volta le toccò estrarlo da dietro la stufa. Non per sparare, peraltro e, soprattutto, non di notte, come, secondo le istruzioni di suo marito, aveva sempre immaginato di dover fare, bensì in pieno giorno.

Rimase da sola per quattro anni, quasi, anche se qualche volta Carlo venne in licenza; non fu, però, mai una gran festa, perché lui non era più così attivo e ottimista come un tempo, e non solo – pensò Sofia – per via del bambino che neppure lui poteva dimenticare, ma anche – immaginò – per quello che doveva aver visto là dove si faceva la guerra. Nel nuovo silenzio che era sceso su di loro dopo la disgrazia non osò fare molte domande al di là di quelle innocue, da conversazione tra semisconosciuti, sul tempo, sul cibo, sulla fatica, sulla data della prossima licenza. Soprattutto, benché ci pensasse spesso, e con angoscia, non ebbe mai il coraggio di chiedergli se aveva ucciso qualcuno, né lui mai gliene parlò.

A volte, ogni tre, quattro mesi, quando non era troppo pericoloso viaggiare, dalla sua villeggiatura veniva in rapida visita anche Marianna, seguita da Bianca che, in quelle occasioni, si guardava in giro scrutando corridoi e stanze, ovviamente in condizioni assai diverse da quando erano sotto il suo dominio. Si offriva, ogni volta, sua suocera, di portare Sofia con sé in montagna, senza però poi mostrare troppo rammarico quando la nuora scuoteva la testa, ostinata a rimanere, perché era ben chiaro che una casa disabitata in tempo di guerra corre grandi rischi.

Un'altra che la visitava con regolarità, almeno una volta alla settimana, e che lei a sua volta visitava, pedalando per un'ora lungo l'argine del fiume e spingendo poi la bici in salita per una ventina di minuti, era un'amica di famiglia, un'amica di Carlo anzi, o forse un tempo anche più di un'amica e per questo, prima, Sofia l'aveva tenuta a distanza. Una cosa buona della guerra, l'unica, probabilmente, fu che la conobbe meglio e non ne fu gelosa, benché bella e ancora da sposare, anche lei rimasta guardiana della casa di famiglia. Era del tipo franco e mordace e a Sofia dispiacque di non averla riconosciuta prima nella sua franchezza perché, forse, avrebbe avuto qualcuno con cui parlare quando era successo il fatto del bambino. Riuscirono a ridere insieme, sia pure in tempo di guerra e nonostante il frequente sibilo delle bombe. E fu proprio una bomba che si portò via la sua nuova amica, mentre pedalava verso casa lungo l'argine, di ritorno da una visita a lei, che lo venne a sapere soltanto due o tre giorni dopo.

Sola proprio del tutto, forse, Sofia non era, perché vicino, a pochi passi – e correndo poteva raggiungerli in due o tre minuti – stavano il giardiniere e sua moglie, che invano Carlo aveva cercato di convincere a trasferirsi nella loro casa. Era solo riuscito a strappare la promessa che, nel caso sua moglie avesse avuto bisogno, sarebbero andati a stare da lei. Sofia però, si guardò bene dal chiederglielo, perché le sembrava che fossero più paurosi e spaventati di lei, tanto che, quando venivano per le pulizie, il bucato o qualche riparazione, oppure lei andava da loro per non stare sempre sola, spesso li doveva tranquillizzare e consolare. E la notte, comunque, se anche avesse chiamato e gridato, era sicura che non sarebbero venuti mai, benché avessero entrambi passato i cinquant'anni e lei ne avesse appena ventidue, oppure già ventitré o ventiquattro, o forse proprio per questo.

In effetti, di notte, capitava che Sofia stesse sveglia, tendendo nel buio l'orecchio per ascoltare. Sapeva che il silenzio in una casa antica non poteva mai essere perfetto, ma le sarebbe piaciuto distinguere gli scricchiolii dei pavimenti provocati dai tarli, dai topi, dal vento o semplicemente dal respiro delle stanze, da quelli causati dal passo circospetto di un uomo, dal suo muoversi lento e guardingo. Stava ferma, allora, nel letto, senza muoversi né fiatare, affinché non le rimbombasse nell'orecchio il suo stesso respiro e il fruscio delle lenzuola o del cuscino non l'assordassero, e cercava di analizzare certi misteriosi, irregolari tonfi, l'improvviso, lieve e immotivato vibrare del vetro delle finestre, i suoni imprecisi e indefinibili che salivano da qualche punto, al di qua o al di là della porta, non ne era mai sicura. Scrutava con forza l'oscurità intorno a sé, senza mai accendere la luce perché temeva quel che eventualmente avrebbe visto. Poi, però, regolarmente, si addormentava, svegliandosi solo quando il giorno aveva già normalizzato ogni cosa e le voci della strada avevano messo a tacere quelle notturne della casa: che parlava soltanto quando faceva buio.

In qualche occasione accadde, comunque che, al mattino, Sofia dovesse rendersi conto che a nulla erano serviti gli sforzi per cogliere i rumori sospetti: era successo che qualcuno, dopo aver scavalcato il muro del giardino, era penetrato all'interno, vuoi forzando la porta del retro, vuoi passando per il poggiolo della cucina. E aveva fatto man bassa in dispensa, portandosi via una volta un intero botticello di vino scuro, una volta due sacchi di carote e patate, una volta un trancio di prezioso lardo accuratamente nascosto nel forno spento. E una volta anche un tappeto – il bel tappeto cinese a fondo azzurro – del salottino al piano terra, assai grande e pesante, per cui – dedusse – erano entrati almeno in due.

Spaventatissimo, il giardiniere riparava allora i danni, sistemava la porta scardinata, circondava di filo spinato la ringhiera del poggiolo, sbarrava, chiudeva, rinforzava, inchiodava. Pensando, in questo modo, di rendere la casa di nuovo inespugnabile. E un poco, in verità, ci sperava anche Sofia, dispiaciuta sì, per il tappeto, di sicuro molto caro a Marianna, per il lardo, per il vino e le patate (meno per le carote, che si rassegnava a mangiare solo quando proprio non c'era altro), però contenta di non aver sentito niente, di aver dormito senza accorgersi che, nel frattempo, qualcuno aveva trovato il modo di introdursi nella fortezza buia e silenziosa. Se fosse stata sveglia sarebbe dovuta scendere con un lume, scovare il ladro, affrontarlo e, peggio, con tutta probabilità riconoscere in lui un compaesano.

Nel corso di quei mesi e anni non ascoltò, tuttavia, soltanto i rumori notturni della casa. Ascoltò gli aerei, le bombe, le sirene. E ascoltò i vetri delle innumerevoli finestre di casa tremare ripetutamente, come se avessero paura, ogni volta che veniva colpito qualche edificio nelle vicinanze. Ascoltò le campane della chiesa che annunciavano messe, preghiere e novene, oltre a un gran numero di funerali. In qualche caso le toccò ascoltare le grida e le invocazioni, le maledizioni e le bestemmie, gli ordini militari e anche i colpi sparati. Ascoltò la guerra, insomma, lì accanto o un po' più lontano. Ci furono occasioni in cui le bombe caddero particolarmente vicine, lungo la ferrovia e il ponte che scavalcava il fiume, una dopo l'altra, con accanimento, ma capitava che sbagliassero mira e colpissero case oppure persone che scappavano di qua e di là, come la sua amica in bicicletta lungo l'argine o, forse, già buttata in terra tra gli arbusti, nella speranza di rendersi invisibile agli occhi delle bombe.

La campagna tutt'intorno rimase sfigurata dalle ampie fosse scavate dagli ordigni, e Sofia poteva vedere dalle finestre, in lontananza, i bei filari di vigne divelti, spezzati, bruciati; quando il momento le sembrava tranquillo andava a constatare i sempre nuovi danni percorrendo in su e in giù i vigneti sconquassati. Le pareva allora di camminare in un cimitero dove i morti erano le viti e gli alberi di gelso o di caco scheggiati, schiantati dalle bombe, e le stringeva il cuore il pensiero di tutto il lavoro andato a male e di come si sarebbe scoraggiato Carlo vedendo la devastazione della sua campagna.

A mano a mano che la guerra s'incattiviva, ci furono molti del paese e anche di paesi vicini, donne, bambini e vecchi che rimasero senza casa e Sofia li ospitò, prima solo due, ma alla fine ventuno, riempiendo salotti e stanze di coperte e materassi, e naturalmente i bei mobili, i soprammobili e le tende di seta soffrirono di quell'affollamento, come ne soffrì l'intera casa, più sporca, più trascurata che mai, con grande dispetto del giardiniere e di sua moglie, niente affatto d'accordo con la decisione di accoglierne così tanti, di disgraziati, tra cui ci poteva benissimo essere anche qualche ladro, come andavano ripetendo.

Sofia, invece, ne fu contenta, non dei danni alla casa – che alla prossima occasione Marianna avrebbe notato con malumore e Bianca avrebbe deplorato all'infinito – ma della confusione sì, della vita, del rumore, delle chiacchiere, della fine della brutta solitudine che le permise di nuovo di dormire subito alla sera, senza prima dover per ore ascoltare il silenzio e scrutare a occhi sbarrati l'oscurità.

E fu in quel periodo che le toccò, una volta, tirare fuori il fucile da dietro la stufa verde. Era in camera sua a riposare, sul letto, perché non è detto che la guerra automaticamente tolga la pigrizia, quando alla porta si affacciò uno dei suoi rifugiati, uno dei meno vecchi che non aveva mai osato fare il galante con lei, certo no, però sempre la guardava fissa quando l'incontrava, tanto che Sofia cercava di evitarne gli occhi. Stava sulla porta con quello stesso sguardo, più fisso che mai, immobile addosso a lei, e aveva i pantaloni aperti, nudo lì davanti, volendo farle vedere di essere ben vigoroso e in forza e non ancora vecchio. Fu giù dal letto e in piedi in un momento, Sofia, gridandogli di andarsene, sparire, però lui – Silvio si chiamava o forse Rino o Gino – entrò deciso nella stanza e si avvicinò, senza mai smettere di mostrare quanto fosse bello pronto per lei. Pensò al fucile, allora, Sofia e, invece di indietreggiare si buttò avanti, verso la stufa, lo prese e glielo puntò contro. Era scarico, naturalmente e, in ogni modo, non avrebbe mai sparato, ma Rino o Gino o Silvio non lo sapeva, e scappò via con un grido soffocato che, a pensarci dopo, la fece ridere.

In seguito, non fu così facile riprendere la vita normale, e non solo perché, come quasi tutti, anche loro erano diventati poveri o non più benestanti come prima, ma anche perché a Sofia toccò riabituarsi ad avere una famiglia, a non essere più lei che prendeva decisioni, a riprendere l'ordine di prima, due, tre, quattro passi di nuovo indietro. I primi a tornare furono i suoceri con Bianca sempre al seguito, l'unica dell'antico personale che si ripresentò, ma per il momento ci si accontentò perché i tempi erano cambiati, la campagna praticamente morta e innumerevoli le riparazioni da fare in casa, malridotta dall'incuria, dall'occupazione dei rifugiati e dalla pioggia che ultimamente era caduta violenta, per settimane.

Per ultimo venne Carlo e lo trovò diverso da un tempo. Un poco lo aveva già notato durante le licenze, aspettandosi, però che, dopo, sarebbe pian piano tornato come prima. E invece restò diverso, più difficile, più pessimista quasi sempre. Della guerra non raccontò mai nulla, niente di niente e Sofia immaginò che doveva aver visto l'indicibile, tale da indurre lui così brillante nel parlare, così irruente anche, a tenere segreta ogni cosa. Mostrò soltanto alcune foto, lui in un prato sul margine del bosco, lui nello stesso prato assieme a dei commilitoni, lui su un cavallo magro e alto, la faccia smarrita che non gli conosceva.

Fu probabilmente a causa del suo nuovo pessimismo che, quando si annunciò, presto, quasi subito, un nuovo bambino, decise che bisognava assumere una bambinaia, questa volta, una che fosse brava e responsabile, e Marianna si offrì di occuparsi lei della faccenda, che forse già aveva in vista qualcuno di adatto. Ma trovò modo di dire la sua anche Bianca, facendo sapere in quell'occasione che con due nuove persone in casa – il bambino e la bambinaia – lei non ce l'avrebbe fatta più, che serviva anche una ragazza per aiutare lei. E fu rassicurata, naturalmente.

Non molto tempo dopo sua suocera annunciò che aveva trovato la persona della quale avevano bisogno, una signorina che aveva passato i quaranta, seria, capace, inappuntabile; Sofia, invece di essere contenta, si spaventò, pensando: "Una vecchia, un'altra Bianca o un'altra zia Helene!" che le avrebbe messo soggezione. Quando, però, andò a conoscerla, fu rassicurata dalle sue scarpe, dalla sua statura bassa, dalla voce quieta che, nell'insieme, la facevano sembrare, in un certo senso, una bambina.

Riconoscersi

Furono i bambini a unire Teresa, Maria e Sofia, per molti anni e, infatti, quando non ce ne furono più, un poco alla volta si separarono: come il nodo di una corda che, naturalmente, a un certo punto si scioglie. Tuttavia, ancora prima dei bambini, qualche altra cosa le accomunava inducendole, forse, a scegliersi, al di là della casualità dell'incontro e della necessità, per due di loro, di lavorare, e per la terza, di trovare aiuto e appoggio. Pur con genitori, casa, fratelli o sorelle, erano state sole tutte e tre tanto che, pur venendo da ambienti, luoghi e condizioni distanti e inconciliabili, in un certo modo si riconobbero a vicenda: prima dalle esitazioni, dalle timidezze, forse dagli occhi, poi dai racconti.

Non si può certo dire che le tre – la contadinella di montagna, la figlia dell'austera borghesia tedesca e la ragazza di buona famiglia viennese – diventarono amiche; nemmeno passò loro per la testa di darsi del tu, oppure di confidarsi delle intimità, ma si compresero e si sentirono legate sostenendosi l'una l'altra, senza mai dirselo, forse anche senza saperlo mentre succedeva, ma comprendendolo più tardi, quando già erano separate.

Con la sua pratica solidità, con il suo sapere fare ogni cosa come andava fatta, dalla cucina alla biancheria passando per l'orto e il pollaio, Teresa toglieva a Sofia ogni preoccupazione per la conduzione della casa, e non era un aspetto secondario della sua vita, vista la precisione, al riguardo, di Marianna, nonché l'ansiosa attenzione di Carlo e l'occhio geloso di Bianca. In un certo senso la contadina di montagna procurò alla ragazza di buona famiglia una sorta di pace casalinga: grazie al suo arrivo, infatti, le uova, la pasta o le verdure erano sempre cotte al punto giusto, e le camicie risultarono stirate sempre senza una piega sbagliata e gli asciugamani riposti in pile tutte uguali nell'armadio della biancheria, esattamente secondo l'antica regola applicata in casa da generazioni, della quale Bianca si sentiva la depositaria. E l'arrivo di ospiti, fossero anche soltanto parenti stretti, cessò di trasformarsi in motivo di angustia per Sofia, in timore di rimproveri a causa di qualche dettaglio trascurato, per il semplice motivo che, dettagli trascurati, si può dire, non ce ne furono più.

Maria, per parte sua, si occupò dei bambini, del nuovo venuto e di quelli che ancora arrivarono, con tranquilla sicurezza e silenzioso affetto, tanto che nessuno in casa ebbe mai paura di lasciarla sola anche con due, tre, quattro bambini piccoli. Né mai più una malattia, anche con febbre alta, fu motivo di vero allarme, di ansiosa preoccupazione, come era successo in passato. Ma la bambinaia sostenne Sofia anche narrandole di sé, della sua famiglia e della sua vita randagia, dei suoi tanti lavori in tante famiglie: con quei racconti che sembravano fiabe, consolava la mamma dei "suoi" bambini, la distraeva quando la sentiva irrequieta, quando le pareva che si sentisse sola, contrastata da sua suocera o abbandonata in qualche modo da suo marito. A volte le prestava dei libri oppure gliene comprava uno o, anche, ricopiava per lei una frase, una poesia che commentavano poi insieme. E parlavano di musica, che amavano entrambe e che, di tanto in tanto, in qualche ora di quiete, ascoltavano devote uscire dalla monumentale radio di legno troneggiante in salotto,

Capitava che Sofia ricorresse alla sapienza della bambinaia anche per avere un giudizio sulle persone che frequentavano la casa, giudizio che Maria non sbagliava quasi mai, esprimendolo, a seconda delle occasioni, in modo misurato e cauto, oppure, al contrario, istintivo e imprudente. In poco tempo, insomma, come già era apparso chiaro al suo amato professore, Maria divenne in un certo senso l'anima della casa, quella alla quale volentieri tutti si rivolgevano, compresi Carlo, Marianna e perfino Tonio, per discutere di un problema, per un commento, un suggerimento oppure, a volte, uno sfogo.

A maggior ragione le si rivolgeva Teresa, quando aveva bisogno di aiuto: per scrivere in bella lingua una lettera, per comprare un regalo da mandare in montagna a qualcuno tra coloro che si occupavano del bambino e poi del ragazzo, per procedere spedita nelle parole crociate alle quali di tanto in tanto si dedicava, seduta in punta di una sedia, a un capo del tavolo di cucina. D'altra parte, Teresa era preziosa a Maria per le pappe e le pappine che regolarmente piacevano ai bambini più delle sue e per la loro biancheria che teneva pulita e in ordine sollevandola da una incombenza che non le era stata mai molto congeniale. E doppiamente la bambinaia teneva alla domestica perché sapeva che non erano intercambiabili e là dove Teresa l'avrebbe potuta sostituire facilmente nella cura dei bambini, lei non sarebbe stata in grado di prendere il suo posto con altrettanta dimestichezza in cucina e in guardaroba.

E Sofia? Offrì a entrambe la sicurezza di un lavoro stabile dentro una bella casa fresca d'estate e riscaldata d'inverno, dove il cibo non veniva lesinato e le economie non erano troppo rigide. Offrì stima e apprezzamento a entrambe, né mai le trattò con freddezza o distacco, bensì in modo familiare, domestico, esattamente come era stata la regola con la grassa Louisette e con la amata Ben della sua infanzia. Di questo, del resto, l'avevano sempre accusata in famiglia: di stare più volentieri con le persone semplici che con quelle del suo ambiente. Sofia tendeva a non immischiarsi nelle mansioni della domestica e della bambinaia – anche per merito di quella sua pigrizia – volentieri le lasciava fare, nonostante sua suocera non mancasse di raccomandarle con insistenza di "seguire più da vicino" il personale, puntualmente sostenuta in ciò da Carlo.

Né si può dire che nell'intesa a tre ci fossero degli squilibri per i quali, ragionevolmente, la padrona di casa dovesse ritrovarsi di fronte, costantemente alleate, Maria e Teresa. La distanza tra loro variava, infatti, di modo che non si formarono barriere né coalizioni: a volte, per motivi di bambini – malattie, pianti o capricci – erano più legate Sofia e Maria, a volte, invece, per motivi di cucina, di scelta e preparazione dei cibi, Sofia aveva più a che fare con Teresa; a volte, infine, sì, erano Teresa e Maria a sentirsi più vicine, non fosse altro che per il loro comune destino di dipendenti.

Teresa si sentì al sicuro già quasi dal primo giorno e la dimensione della casa e la distanza della sua stanza – in alto, all'ultimo piano, quasi sotto il tetto – dal movimento indaffarato di cucina e guardaroba le permettevano di pensare segretamente alle cose sue, senza che nessuno la disturbasse. Poteva lavorare anche dodici ore di fila in piena confusione, per poi ritirarsi, a sera, sana e salva nella sua seconda vita, o forse prima: vita nella quale c'era il bambino che aveva lasciato in montagna e che, stando a sua sorella, avrebbe dovuto quasi dimenticare.

Dimenticare? Bastava che si fermasse un attimo, che se ne stesse da sola a rammendare, a stirare o ad aspettare che qualcosa arrostisse in forno che subito, come una finestra illuminata che si apre nel buio, emergevano dentro di lei il viso stretto di Teresino, i suoi occhi scuri, il suo piccolo mento aguzzo. E bastava un momento di silenzio perché risentisse la sua voce, il suo pianto, così simile a quello del bambino che era da poco nato lì, quasi suo coetaneo in biondo.

Doveva però mandare via i pensieri e le immagini, per, più tardi, richiudere la finestra per riaprirla poi, nella solitudine della sua stanza, orientare altrove le orecchie per tenderle quando sarebbe stata al sicuro, nel suo silenzio. Di Teresino non possedeva una fotografia, non possedeva niente. Neppure una ciocca di capelli, perché, quando era partita, i suoi capelli erano solo una corta lanugine che non aveva potuto immaginare di tagliare. E a sua sorella non le era permesso chiedere qualcosa: una camicia, delle calzette, dei guantini, un ritratto, perché lei non avrebbe mandato niente, decisa, com'era, a farle dimenticare il bambino.

Si era perciò abituata a non avere bisogno di nulla. Una volta in camera, sdraiata sul suo letto, ne ritrovava il volto e ne riascoltava la voce. Addirittura, a volte, le pareva di sentire il suo peso nell'incavo del braccio, come lo aveva sentito nei pochi felici giorni perduti. Solo che, ormai, sarebbe stato più pesante e a Teresa dispiaceva non riuscire a immaginare come doveva essere diventato.

Era cauta con il bambino di casa, come se ne avesse paura. Lo sbirciava nella culla e faceva i suoi confronti segreti: le manine, i piedini, il tono degli strilli, il tempo del sonno e la quantità di latte che prendeva. Ma tremava all'idea di toccarlo, di prenderlo in braccio. Poi un giorno fu la bambinaia a costringerla a tenerlo in collo un momento, il tempo di mettere sul fuoco un pentolino, ma bastò perché poi desiderasse prenderlo su ogni istante, per risentire la guancia tenera e fresca contro la sua e la morbidezza tiepida del piccolo corpo: e da allora ogni momento fu buono per stare nelle sue vicinanze, per sfiorargli la fronte serena di bambino, ascoltare i suoi versi.

E si autonominò sua protettrice, pur senza sconvolgere le gerarchie di madre, padre, nonni e bambinaia: buona per le emergenze si designò, insomma, ultima della lista, quando non ci fosse stato nessun altro di più capace di lei. Andò così anche per gli altri bambini, quelli che vennero dopo, e forse fu proprio Teresa la più attenta di tutti, sia pure da maggiore distanza, alle loro tristezze e ai loro crucci, che gli altri non riuscivano sempre a cogliere.

Le piacque, negli anni, avere in cucina i bambini, ascoltarli, preparare cose buone per loro, insegnare a battere con la frusta gli albumi dentro il bel recipiente rotondo e splendente, tenuto fermo tra le ginocchia, o a stendere la pasta per poi ritagliarne biscotti a forma di stella, di cuore, di barca, di mezzaluna oppure tondi, stampati con un bicchiere rovesciato.

Qualche rara volta faceva loro un regalo, quando l'indignazione la costringeva: per esempio se per la Prima Comunione nessuno aveva pensato di comprare loro un libretto da messa bianco come avevano tutti gli altri bambini o se, in linea con gli usi spartani della famiglia, uno di loro doveva affrontare il primo giorno di scuola con una vecchia cartella ereditata da fratelli o cugini invece che con una nuova fiammante. Usciva , allora, decisa, con il solo borsellino contenente i soldi contati per la sua spesa: e pazienza se il libretto da messa che comprava aveva una povera copertina di plastica finto madreperla e se di tela cerata e non di pelle era la cartella.

Nel corso degli anni, Teresa fu costretta, a volte, a vedersela con la gelosia del suo bambino; gelosia immaginaria, ovviamente, che però, la faceva sentire in colpa. Non poteva che essere geloso, infatti, il suo Teresino, relegato in montagna, delle carezze che lei regalava ad altri, delle attenzioni, delle tenerezze dalle quali lui era, invece, escluso. E si tormentava Teresa, pensando di privarlo colpevolmente, di sostituirlo, addirittura, nel suo cuore. Allora, per qualche tempo si chiudeva, si isolava, non permetteva ai bambini di avvicinarsi più di tanto a lei, tentando di concentrarsi, con forza, come per un'estasi amorosa, su quello lontano, il suo.

Alla lunga fu, tuttavia, destino che quelli che aveva intorno, vicini, presenti, un poco appannassero il pensiero del figlio, che aveva il permesso di andare a trovare una sola volta all'anno, d'estate, e che poteva abbracciare, stringere soltanto come una zia e non come una madre, sotto lo sguardo attento della sorella e del cognato, visibilmente sollevati ogni volta che ripartiva.

I doni che portava a Teresino, giochi, libri, matite colorate e poi palloni, pattini a rotelle e, una volta, anche una bicicletta, servivano a renderlo attento per qualche ora, oppure per un giorno o due, ma poi di nuovo Teresa tornava ad essere soltanto la zia semisconosciuta, che cercava di prendergli una mano e di tenerla tra le sue, che puntigliosamente lavava, stirava e riordinava i suoi vestiti, che preparava per lui strabilianti torte che non aveva mai mangiato, e che piangeva quando arrivava e ancora di più quando riprendeva il treno.

Le era stato concesso di scrivergli solo per Natale, per l'onomastico e per il compleanno, ma a sua sorella Teresa mandava regolarmente, ogni settimana, una cartolina che, per discrezione, affinché non potesse leggerla anche il bambino, infilava in una busta. E sempre domandava di lui, della sua salute, dei suoi progressi, del suo umore e, più tardi, anche del profitto scolastico. Ogni settimana le stesse domande, come una litania, alle quali Anna non rispondeva quasi mai, oppure solo di sfuggita, tanto che Teresa a volte supplicava: fatemi sapere, vi prego, per la carità della Madonna.

In qualche modo – forse rubandolo, forse chiedendolo a lui – alla fine riuscì a procurarsi un ritratto di Teresino, scattato nel primo giorno di scuola, con cartella e grembiule; e per anni da dietro il vetro della cornice appoggiata solennemente sul comodino, lui la guardò con il suo mento aguzzo e gli occhi scuri e tristi: fisso e immobile e senza tempo, tanto che chi lo vedeva pensava a un fratellino morto, a un cuginetto molto amato e presto scomparso. E quei pochi che osavano chiedere ricevevano soltanto risposte vaghe.

Naturalmente mandava anche soldi a casa per il mantenimento del bambino, soldi che, in verità, non vennero mai rifiutati. La stalla, infatti, non era più piena come un tempo perché il cognato cominciava a essere troppo malandato per governare più di due, tre, quattro bestie al massimo. «Per comprare al bambino un paio di scarpe nuove», «Per i suoi libri di scuola», «Per una giacca invernale» specificava Teresa in un foglietto allegato, anche se poi, quando andava in visita, queste cose a volte non le trovava. Però continuava a risparmiare e a mandare a casa quasi l'intero stipendio, come, del resto, era stata abituata da tutta la vita. E intanto sognava di farlo studiare, da maestro per esempio, perché era bravo a scuola, con bei voti fin dal principio: doveva aver preso da suo padre e non certo da lei, che aveva impiegato sette anni per finire le elementari.

Quando il bambino ebbe dieci anni, la sorella scrisse, infatti, che, grazie al suo buon profitto scolastico, Teresino avrebbe continuato a studiare: in seminario, però, dove non sarebbe costato niente e dove avrebbe avuto cibo buono e vita anche più facile che a casa. E il ragazzo non sembrava contrario alla prospettiva, visto che studiare gli riusciva facile e nei lavori di stalla e di campagna non si era mai dimostrato molto diligente.

No, prete no, pensò Teresa, e lo scrisse a sua sorella su una cartolina che corse a imbucare subito. Non prete, non parroco, non reverendo, per favore no. E lo riscrisse tante volte, ogni giorno su una nuova cartolina. Finché le risposero che servivano troppi soldi per far studiare il ragazzo fuori dal seminario e che un sacerdote avrebbe avuto un futuro molto migliore che non un povero maestro di scuola.

S'ingegnò allora, Teresa, per trovare altro denaro da mandare a casa di modo che suo figlio non dovesse farsi pretino e nemmeno contadino o mungitore. Comprò dei pulcini e, in un angolo del giardino che volentieri le fu concesso da Sofia, avviò un piccolo pollaio che curava con l'aiuto dei bambini e quando le galline cominciarono a deporre uova, ne riservava una metà agli usi di casa e l'altra metà la vendeva alla bottega del paese. E poiché il ricavato era, in effetti, assai magro, cercava di guadagnare dell'altro andando a fare la notte in ospedale al capezzale di qualche anziano.

Per la fatica diventò vecchia in quel tempo, e non aveva ancora quarant'anni: con la treccia che si fece grigia e certe rughe profonde che cominciarono a segnarle la fronte e le guance. E ogni inverno tornarono quelle sue bronchiti che la facevano ansimare e tossire la notte, esattamene come quando era ragazza, benché la sua stanza fosse riscaldata, di giorno e di notte. Forse invecchiò anche per il pensiero di Teresino che, nonostante le suppliche e i supplementi di denaro, finì lostesso in seminario a studiare da prete. Sua sorella si mostrò ostinata: il figlio, scriveva, era loro e loro sapevano meglio di lei quale fosse la strada giusta per il ragazzo.

Era disperata, Teresa, tanto che si azzardò a scrivergli che, se un giorno si fosse disgustato del seminario, avrebbe potuto trovar rifugio da lei. Non giunse però mai risposta alcuna, forse perché Teresino non aveva voluto prendere in considerazione l'offerta della zia, forse perché la lettera non gli era mai stata consegnata. Non per questo, Teresa smise, tuttavia, di raggranellare soldi da mandare a lui direttamente, però, perché avesse sempre in tasca qualcosa per sé e perché non dovesse sentirsi l'ultimo e il più povero tra i compagni. Si privava pur di poterlo soccorrere, ma anche a questo era abituata da sempre.

Invecchiò, dunque, anzitempo, con il suo segreto nel cuore, e da sorridente qual era stata, si fece, un poco alla volta, triste. E poiché anche i bambini di casa cominciavano a non essere più tali, bensì ragazzi che più raramente ormai si fermavano in cucina, e non più avevano minime confidenze infantili da affidarle, le mancò la loro vicinanza con la quale per tanti anni si era consolata. Ripeteva spesso a Maria, a Sofia, ma anche a Carlo: ci vorrebbe qualche nuovo nato in questa casa! Ma i padroni, per qualche ragione loro, non la vollero accontentare.

Rimase tuttavia ancora, perché doveva lavorare e non aveva dove andare, e perché si sentiva in obbligo con Sofia: per riconoscenza, anche per affetto, e perché sapeva che, andandosene, le avrebbe reso la vita più difficile. Aspettò, dunque che la casa si svuotasse, via per prima la bambinaia, poi via, uno dopo l'altro, i ragazzi, già morti i nonni, Marianna e Tonio, Bianca da un pezzo andata a vivere con certi suoi nipoti, e rimasti ormai soltanto Sofia e Carlo. Né dava più soddisfazione a Teresa cucinare per loro due che non avevano più l'appetito di un tempo, quando mangiavano bei piatti colmi di polenta o pasta mattina e sera. Volevano noiose minestrine, riso bianco e verdure, non più quei sapidi arrosti, quei dolci magnifici che facevano sospirare di meraviglia i commensali.

Prese coraggio, infine, Teresa, e partì, quando Teresino, per i suoi meriti di studio, ancora assai giovane divenne parroco nella stessa città dove lei aveva cominciato a lavorare, in casa dei padroni delle telerie. Partì per andare a badare a lui – e questo, sua sorella, che, per parte sua, doveva badare dell'anziano marito, l'approvò – per governargli la canonica come già aveva fatto con suo padre. Tutti i tasselli della sua vita sarebbero infine andati a posto e lei a prendersi cura della persona che più amava al mondo, fino a quando ne avrebbe avuto la forza.

Solo dopo molto tempo, grazie a certe vaghe confidenze raccolte per posta da Maria e da Maria trasmesse a Sofia, si venne a sapere che il figlio reverendo non la trattava come una madre e nemmeno come una zia, bensì come una serva.

Maria si affezionò in particolare ai suoi ultimi bambini, forse perché sapeva che, dopo di loro, altri non ce ne sarebbero più stati. O forse perché, avendoli visti nascere, furono suoi fin dal principio, di modo che dissero a lei le loro prime parole, tentarono con lei i loro primi passi, mostrarono a lei le loro prime prodezze. Non avevano modi o abitudini che risalissero a qualcun altro che non fosse lei, e anche quelli dei genitori e dei nonni vennero soltanto dopo.

Insegnò loro ogni cosa: a parlare, a mangiare, a nuotare senza salvagente, a correre, a cantare, a mettere in ordine i giocattoli e i vestiti, a lavarsi, a tagliarsi le unghie, ad accendere il fuoco, ad arrampicarsi sugli alberi, a riconoscere le piante e i fiori, a sbucciare le mele con un temperino, a giocare a carte, a immergere nell'acqua fredda la mano scottata sulla piastra del fornello, a fasciare una ferita, a dire le preghiere, a cucire, a lavorare a maglia e a intagliare il legno, maschi o femmine che fossero.

Insegnò loro le poesie di Heine, una per ogni occasione, ma ne compose per loro anche di persona e nel giorno del compleanno, al festeggiato ne faceva trovare una accanto al piatto della prima colazione, come era stata sempre sua abitudine. E aggiungeva intorno, come una ghirlanda, fiorellini raccolti in giardino e un piccolo regalo fabbricato da lei: una scatola ricoperta di carta colorata, un fazzoletto con le iniziali ricamate, un paio di guanti, quasi sempre a manopola perché con le dita il combattimento era più arduo.

Fu rifugio per loro quando i genitori litigavano, quando non c'erano, quando si dimenticavano degli onomastici, dei desideri scritti nella letterina di Natale o dei soldi da portare alla maestra per la gita di classe, oppure quando trascuravano i baci e gli abbracci. E quando a tavola si parlava francese perché i piccoli non capissero i discorsi dei grandi, Maria abbassava impercettibilmente la testa per far intendere ai bambini che, dopo, avrebbe tradotto per loro le segrete conversazioni dei genitori. Cosa che poi, in effetti, faceva, senza che, tuttavia, risultasse mai molto chiaro se interpretava alla lettera o, invece, secondo fantasia.

Lei che, probabilmente, non aveva mai detto una bugia in vita sua, non rinunciò, qualche volta, a dirne una spudoratamente per i suoi bambini. Che, sì, avevano finito fino all'ultimo boccone le rape rosse o gli spinaci lasciati nel piatto a mezzogiorno e poi ricomparsi a cena, nella loro stanza, per ordine superiore. Oppure che la gomma da masticare, con la quale il papà li aveva sorpresi, era stata il regalo di un compagno di scuola, e non un loro acquisto arbitrario. Ma, viceversa, in qualche occasione, mentì anche a loro per coprire certe mancanze dei genitori, confezionando su misura frasi affettuose o acquistando piccoli doni, di tasca sua, che fingeva di essere stata incaricata di trasmettere.

E insegnò loro le favole, centinaia di favole, leggendole sera dopo sera, a voce alta, dei suoi vecchi libri segreti che custodiva in camera. Le stesse favole divertenti, bizzarre, misteriose, spaventose che già aveva raccontato agli altri suoi bambini e che, dunque, in molti casi sapeva ormai a memoria tanto da poterle declamare, senza sbagliare una parola, anche tenendo davanti a sé il volume girato alla rovescia.

Ancora prima che fossero in grado di capirle, cominciò a narrare loro anche le storie della sua vita, un pezzetto di un'epoca, un pezzetto dell'altra, prima quelle più lievi, quelle che potevano far ridere, e poi, con il tempo, quelle più melanconiche. A loro sembravano tutte quante favole, non tanto diverse da quelle di Pollicino o del lupo e delle sette caprette e, infatti, Maria sapeva recitarle a memoria nello stesso modo, senza bisogno di consultare un libro che, però, secondo i bambini, doveva pur esserci da qualche parte nella stanza.

Solo più tardi, mettendo insieme i vari brandelli, capirono che erano, invece, racconti della sua vera vita, dove Caterinetta non era un'amabile fata benefica, ma la bambinaia della bambinaia, dove Eva e Nicolina non erano due istitutrici trasformate per magia in pasticciere, ma le sue due sorelle maggiori, e dove i due marinai adolescenti naufragati nello Skagerak erano i suoi amatissimi cugini e non due elfi senza corpo che dormivano in fondo al mare.

La sua storia più amara Maria la tenne, tuttavia, per sé: troppo dolorosa da narrare e troppo dolorosa da ascoltare, e perciò non ne parlò ai bambini e nemmeno a Teresa o a Sofia. Solo quando fu davvero vecchia, forse ormai distaccata dai dolori e dalle amarezze, e più vicina, invece, al suo antico mondo perduto, raccontò la storia della mamma scomparsa con voce sommessa e sguardo assente, come rivolta ad altri; altri che capivano meglio, che già sapevano e non avevano bisogno di dettagli e precisazioni per afferrare la tragedia ancora viva e scandalosa sempre, anche dopo tanto tempo.

Allo stesso modo, soltanto da vecchia accennò ai due uomini che le erano stati cari, anche se, parlando di loro, li definì sempre soltanto come "quella persona" o "l'altra persona"; oppure li chiamava con il cognome, dicendo "il signor tale", "il signor talaltro", come se fosse ancora una loro dipendente o una rispettosa, distante conoscenza. Accennò di sfuggita, ma con l'intensità di chi non ha dimenticato il più piccolo particolare, al professore al quale aveva lasciato le poesie sotto il piatto della prima colazione e un po' meno di sfuggita all'altro, quello più recente, l'architetto che era morto troppo presto; e lo ricordò con melanconica autoironia, come per scusarsi di averlo reso ridicolo agli occhi degli ascoltatori per essersi, bizzarramente, messo in mente di corteggiare una donna così tanto più carica di anni di lui e di statura così tanto più esigua.

Maria se ne andò quando giudicò giunto il momento oltre il quale non sarebbe stato giusto restare, e se anche ne aveva il cuore diviso, si proibì di dare retta alle suppliche dei bambini – che non erano più bambini – di non andare, di non partire, di rimanere ancora. Perché non per sempre? Se ne andò prima ancora di Teresa perché prima di lei era diventata inutile, nel senso che non serviva più il suo lavoro, sebbene il suo affetto sarebbe servito ancora.

Anche se Sofia avrebbe voluto averla per sempre in casa, decise di non finire vecchia e inutilizzata in una stanza secondaria, con l'ansia perenne di rendersi utile in qualche modo. Si immaginò seduta in cucina, un po' fuori mano per non intralciare, magari a sgranare piselli o sbucciare patate; oppure in guardaroba, addetta alle incombenze più noiose, come rammendare calze o rifare orli o, ancora, assegnata con una pezza in mano a lucidare le posate o a riordinare monumentali armadi: tutte cose che non sapeva e non voleva fare. Ma decise di andarsene anche perché la casa sul lago ereditata dalla nonna, rischiava, dopo la morte del papà e di Caterinetta, di finire in rovina, surrettiziamente e da troppi anni governata dalla signora dei gatti come ne fosse stata la padrona.

Partì, dunque, e si vide subito che con lei se ne era andata l'anima della casa: anche se era piccola, discreta, silenziosa, mancarono a tutti la sua saggezza, la sua quieta, dolce fermezza, tanto che, dopo, si sentirono meno sicuri sia i bambini che non erano più bambini, sia, soprattutto, Sofia, privata di un appoggio, di una confidente, dell'unica persona con la quale poteva all'infinito rievocare i tempi dolci dei figli piccolini, le loro parole, le loro tenerezze, le loro spavalde, prime gesta.

Al contrario di Teresa, Maria, però, scrisse regolarmente e una volta all'anno, per molti anni, fino a quando fu troppo fragile e malferma per prendere il treno cambiando convoglio tre o anche quattro volte, andò in visita con la valigia carica di doni, ogni volta gli stessi, ma non per questo meno attesi: i guanti a manopola di lana bicolore, il vaso di miele grande come un secchiello, il mazzo di fiori secchi del suo giardino e certi minuscoli quadernetti, rilegati con bella carta , riempiti delle sue poesie scritte con l'ordinata, illeggibile grafia, somigliante alle tracce lasciate da una fila di formiche in marcia. In più, portava il racconto – a voce – dell'anno della sua vita appena trascorso.

Dopo, quando, appunto, si fece anziana e fragile, furono i suoi bambini non più bambini ad andarla a trovare nella casa sul lago, liberata dalla signora dei gatti, ristrutturata dall'architetto e stipata di mobili, soprammobili, stoviglie, libri, tappeti, quadri e oggetti d'altri tempi, ereditati da genitori, nonni e bisnonni. Né mancava l'indimenticabile casa delle bambole, fedele riproduzione della sua di Strasburgo, davanti alla quale sostava ogni sera per qualche istante, soprappensiero, in raccoglimento silenzioso come se mentalmente recitasse una preghiera di fronte a un altare di una santa molto cara e venerata.

Ogni volta i visitatori ripartivano con qualche oggetto che l'antica bambinaia metteva loro in mano, costringendoli ad accettarlo; e si mortificava se rifiutavano, convinta che a loro non piacesse, che trovassero brutte o di cattivo gusto le vecchie cose che lei amava tanto, non riuscendo più a immaginare che a vent'anni un quadretto dentro una cornice dorata, un libro di fiabe d'altri tempi, una coppia di elaborati cucchiaini d'argento o anche uno scialle o un gioiellino non conquistano all'istante. Insisteva, tuttavia e, qualche volta, infilava l'uno o l'altro oggetto di nascosto nelle loro borse. Doveva cominciare – si giustificava – a fare ordine nella sua vita eliminando ciò che non le sarebbe più servito: lo scialle di seta, appunto, visto che non pensava più di uscire la sera per qualche invito, o anche, per esempio, il libro di fiabe che non avrebbe più avuto l'occasione e nemmeno la forza di leggere a un bambino.

Poi cominciò a fare confusione, a non ricordare più che cosa aveva dato e a chi, e a volte cercava disperatamente un oggetto che aveva già regalato qualche anno prima, con l'intenzione di regalarlo di nuovo. E cominciò anche a riconoscere, qualche volta, che la solitudine le pesava, rinunciando ad apparire sempre salda e sicura e perfettamente in grado di provvedere da sola a se stessa. Arrivò, infine, ad ammettere che aspettava quelle brevi visite per mesi e mesi e che, dopo, riusciva solo con difficoltà ad abituarsi di nuovo alla casa vuota, senza voci. Stringeva, perciò, il cuore ai visitatori, al momento di ripartire, vedere Maria salutare con la mano da dietro il cancelletto del giardino, a lungo, fin quando riusciva a scorgerli: composta sempre, senza piangere, con i capelli che un poco svolazzavano intorno alla testa, piccolina, indifesa, una bambina lei, ormai.

Insieme, Teresa e Maria, furono la forza di Sofia che, protetta da loro, per un verso divenne la vera padrona di casa e per l'altro trovò il modo di non affliggersi troppo per certe ferite, alcune anche profonde, che Carlo le inflisse nel corso degli anni. Non che si confidasse con loro, né, del resto, c'era bisogno di parlare, perché entrambe vedevano e sapevano. Non spettava né alla cuoca né alla bambinaia mostrare affetto o compassione alla signora, tuttavia s'ingegnavano per farle sentire, se non proprio la loro solidarietà – ché anche questo sarebbe sembrato invadente e fuori luogo – però la loro vicinanza.

Teresa lo faceva a modo suo, come sapeva lei, per esempio preparandole un dolce speciale, uno di quelli dell'infanzia di Sofia, che aveva imparato da un antico ricettario di Louisette, oppure sorprendendola la sera con un infuso di sue speciali erbe sul comodino. Soprattutto, però, proteggendola, con la sua presenza – come aveva fatto fin dal primo giorno – da Bianca e dai suoi modi aspri, fino a quando, morta Marianna, l'anziana cameriera non decise che nessuno in quella casa era davvero degno dei suoi servizi, ritirandosi, perciò, sdegnosa, presso i nipoti.

Per parte sua, Maria discretamente offriva a Sofia le sue parole quiete, per distrarla, per rianimarla quando, rimasta sola e avvilita e Carlo partito per non si sa dove, oppure uscito senza salutarla dopo una sfuriata, rabbiosamente girava la manopola della grande radio in cerca di qualcosa, una musica, una recita, una lettura o anche solo una previsione di bel tempo, in grado, forse, di consolarla un poco.

Insieme, in equilibrio, le tre donne tirarono su i figli, anche se il ruolo principale toccò probabilmente a Maria, non solo per il maggior tempo che passò con loro, ma anche per la sua totale dedizione, per la fermezza e la tenerezza. E insieme, in tre, regnarono nella casa, senza mai dirlo né a se stesse né a vicenda e tanto meno a qualcun altro. Sopra, è ovvio, c'era Carlo, ma il loro regno era così vasto che lui non riusciva a controllare sempre ogni cosa. Si estendeva, infatti, dal giardino ai bambini, passando per la cucina, la soffitta, la lavanderia, i mobili, gli abiti e le posate, il guardaroba e l'armadio della biancheria, le passeggiate e i picnic. Fuori restò, per un poco, l'automobile che Teresa e Maria non avevano nemmeno il diritto di toccare, ma alla quale Sofia si appassionò presto, imparando a guidarla perfettamente, tanto che Carlo gliela lasciò usare per certi brevi viaggi e per le incombenze che lo annoiavano. Tagliata fuori dal loro regno era, naturalmente, la cantina nella quale egli scendeva da solo a cercare l'una o l'altra bottiglia e solo lui sapeva sempre dove mettere mano. Finché un giorno, in sua assenza, toccò a Teresa che scese, titubante e paurosa, nel buio, e vagò a lungo, prima di orientarsi. La volta dopo chiese di scendere con il padrone e da allora in poi il regno delle tre si estese anche lì senza che, tuttavia, la conquista venisse mai, neppure velatamente, affermata.

Ufficialmente restava fuori anche la biblioteca che Carlo amministrava secondo una sua regola precisa, per autori, per lingua, per genere, per epoca, per Paese di provenienza. Sebbene Sofia vi pescasse di continuo (caoticamente, però, come un'affamata che alla rinfusa afferra un dolce e poi un pezzo di formaggio, un frutto, un cioccolatino e poi una fetta di salame), doveva riconsegnare il volume a Carlo, il solo che sapeva ricollocarlo nella giusta posizione, non senza aver prima rimproverato la moglie per la confusione mentale che la spingeva a leggere in modo tanto disordinato. Non sapeva, il padrone di casa che, già da tempo, Sofia aveva perfettamente appreso la sua topografia bibliotecaria e che sarebbe stata in grado di riporre senza errori ciascun libro. Quando lo scoprì, accettò abbastanza in fretta – anche per sua comodità – che tra gli scaffali regnasse una specie di diarchia o, meglio, un re assieme a un'aiutante, con il tempo sorprendentemente precisa, perfino più di lui.

La partenza di Maria fu il primo avviso al navigante che la casa, tra non molto, si sarebbe svuotata, anche dei figli. Per non avvilirsi, per non soffrire, Sofia cercava di evitare il pensiero, di proibirselo anzi, ma la stanza vuota della bambinaia, confinante con la sua, dalla quale la sera ormai non giungevano più i familiari sommessi fruscii di passi scalzi, i piccoli tonfi di oggetti spostati, gli scricchiolii di cassetti aperti e armadi richiusi, gli improvvisi sospiri profondi come di chi si spazientisce cercando invano qualcosa, inevitabilmente, le rammentava, giorno dopo giorno, quell'assenza definitiva, presaga di altre future, più tristi e più temute assenze.

Si appoggiò, per consolarsi, un po' di più a Teresa, trascorrendo tempo in cucina con lei, l'una mai ferma, su e giù tra fornello, credenza, acquaio e frigorifero, l'altra seduta a chiacchierare, a ricordare, ormai anche lei – per sua stessa sorpresa – giunta in quell'età nella quale si cominciano a lodare le cose del passato. Ma i discorsi concreti e franchi, della contadina di montagna, che trattavano di cucina e di casa, di orto e di giardino, di spese e di economie, quasi sempre riuscivano a distoglierla dalle melanconie, tanto che usciva dalla cucina rassicurata, confidando che tutto era ancora al suo posto e continuava nel vecchio buon ordine.

Se la partenza di Maria aveva creato un vuoto sentimentale, quella di Teresa, non molto tempo dopo, fu anche una disfatta pratica e concreta, nel senso che mai più negli anni, nonostante i numerosi tentativi, si trovò qualcuno capace se non proprio di sostituirla, almeno di ricordare un poco la sua maestria. Occorsero, infatti, per lo più due o anche tre donne insieme, una per la cucina, una per la biancheria e una per le pulizie, che si avvicendavano a ore, spesso nemiche tra loro e reciprocamente maldicenti, per riuscire nel lavoro che Teresa faceva da sola e molto meglio.

Per Sofia si aprirono, dunque, tempi difficili, non troppo diversi da quando, giovanissima, era giunta nella casa, con l'evidente scontento di Carlo – ora come allora – secondo il quale lei non sapeva fare nulla e nulla funzionava. Gliene volle, perciò, a lungo, alla sua Teresa, colpevole di averla lasciata in quelle condizioni, peraltro senza un motivo comprensibile e andata, oltretutto, a stare, come si venne a sapere dopo un po', assai peggio.

Con gli anni Sofia finì comunque per adattarsi al

cambiamento, abituarsi alla stagione nuova: con nostalgia, sì, ma che in lei non fu mai triste, bensì perfino un poco lieta, come quando si torna con il pensiero a un tempo splendido e perfetto. Di Maria e Teresa, le sue preziose donne, non si dimenticò mai, e negli anni le rievocò di frequente, mitiche figure benefiche, se non proprio fate, che, insieme a lei, avevano abitato nella gran casa, e che, a mano a mano, si fecero sempre più fantastiche e irreali, personaggi ormai quasi di leggenda, di cui narrare ai figli e ai nipoti.

Di invecchiare, Sofia nemmeno si accorse, fino quasi all'ultimo, e continuò a non lamentarsi mai, accettando senza mostrare di soffrire troppo, con leggerezza quasi, piccole e meno piccole avversità, dispiaceri, malesseri, malattie e perdite, forse perché nessuna uguagliò mai – nel dolore – quella sua prima e indimenticabile. Certo la consolarono gli altri figli, ma cinque ne aveva avuto e cinque ne avrebbe voluto avere ancora, ingorda com'era di presenze intorno a sé e di vita, oltre che di certe prelibatezze – ah le meringhe con la panna! – con le quali la si poté distrarre e fare sorridere un poco, anche da anzianissima e stanca e desolata per aver scoperto all'improvviso, con angosciata incredulità, che anche a lei, dopo tutto, era stato fatto l'orribile affronto di dover diventare vecchia: almeno nel corpo, pesante, dolorante e quasi immobile, perché dentro continuava, naturalmente, a sentirsi una bambina.

Indice

Finito di stampare nel mese di aprile 2008
presso il Nuovo Istituto Italiano d'Arti Grafiche - Bergamo

Printed in Italy